3분 진료
공장의 세계

대 형 병 원 진 료 실 은 어 쩌 다
불 평 불 만 의 공 간 이 되 었 을 까 ?

3분 진료
공장의 세계

김선영 지음

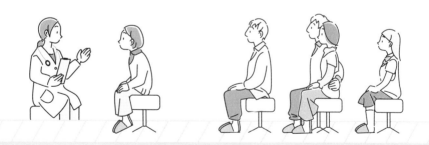

추천사

내 진료실도 반나절에 서른 명이 넘어가면 아수라장이 된다.
일본의 한 노년내과 의사는 노인병 진료실에 신환은 한 시간 간
격으로 진료할 수 있다고 말했고, 어느 싱가포르의 의사는 하루
에 여덟 명 정도를 진료한다고 한다. 한국 의사는 일본 의사의
열 배 효율이어야 한다는 말인가.

얼마 전 받은 의사소통 교육에서 '웬만하면 환자와 의사소통
할 때 눈 마주침을 최소화하고 빠르게 요점 위주로 진료를 마쳐
야 한다'는 조언을 들었다. 당시 나의 진료 비디오를 확인한 뒤
코치가 내린 처방이었다. 납득하기 어려웠지만 어쩔 도리가 없
었다. 그렇게 진료 속도는 빨라졌지만 진료의 내용은 점점 사람

에서 멀어지고 있음을 느꼈다. 어떻게 살고, 무엇을 걱정하고, 무엇을 먹고, 어떻게 움직이는지에 대한 이야기가 들어올 공간이 사라졌다.

기계적으로 처방 내리기에 바쁜 스스로를 발견하고 아연한 나는 정신을 차리고 의사의 본질을 고민했지만, 그럴수록 저자의 표현처럼 '한가한 꼰대' 의사가 되고, 병원 입장에서는 낮은 성과(?)를 내는 골칫덩어리가 되어갔다. 진료를 좀 더 자세히 하고 싶어 백방으로 알아보기도 했지만, 제도적으로 내과의사의 '시간 값'은 마련되어 있지 않았다.

이렇게 타들어가는 의사의 속을 모르면 환자는 화가 날 수밖에 없다. 늘 대기는 너무 길고, 진료실에서는 순식간에 쫓겨나는 느낌이 든다. 검사비는 또 왜 이렇게 비싼지.

의료인이 아니면 알기 어려운 대형 병원의 이야기들을 따뜻한 마음의 종양내과 의사 김선영이 솔직하게 풀어놓는다. 환자 입장에서도 진료 시 이용할 수 있는 유용한 정보들이 가득하다. 이 책은 왜 우리가 그동안 병원에서 힘들고 불편해야 했는지, 그리고 앞으로 우리 의료계가 어느 방향으로 나아가야 할지를 명확하게 보여준다.

— 정희원, 서울아산병원 노년내과 전문의,
《지속가능한 나이듦》,《당신도 느리게 나이 들 수 있습니다》 저자

머리말

　　요즘 여성학자 정희진 선생님이 진행하시는 '공부'라는 팟캐스트를 즐겨듣는다. 철학과 문학, 영화를 넘나드는 다양한 이야기를 들려주시는데, 그중 한 이야기가 흥미로웠다. 우리나라에 수입되는 원두의 대부분은 인스턴트 커피를 만드는 데 쓰인다는 것이다. 아니 요즘은 너도나도 원두커피를 마시는데 이상하지 않은가. 나도 인스턴트 커피를 마신 지 한참이 되었다. 의국 사무실에는 에스프레소 기계가 있고, 집에서는 캡슐 커피와 드립백 커피를 준비해두고 마시니까. 그러나 이런 생각은 대부분의 사무실과 작업 현장에는 믹스 커피가 놓여 있다는 것을 간과한, 편향된 인식에서 비롯된다. 2022년 광산 매몰 사고로 고

립되었던 광부가 믹스 커피로 열흘에 가까운 고립 기간을 버텨
냈듯이, 많은 이들이 노동의 고됨을 믹스 커피로 달래왔다. 그
러나 이들은 쉽게 보이지 않고, 길거리에 몇 미터마다 쉽게 커
피숍을 볼 수 있는 서울의 화이트칼라 계층은 이런 통계를 접하
고는 당황하게 된다.

그 이야기를 듣고는 사실 좀 두려워졌다. 서울의 대형 병원에
서 진료하는 내가 쓰는 이 글은 원두커피에 대한 것이고, 사실
대부분의 독자들이 접하는 현실은 믹스 커피가 아닐까 싶었기
때문이다. 환자가 몰려드는 병원에는 그나마 많은 지원과 관심
이 쏠리지만, 그러지 못한 병원, 특히 지역의 의료 기관은 그런
관심조차 받지 못한다. 그런 곳에서 일하시는 선생님들의 고충
보다 내 고민이 더 중요하다고 말할 수 있을까.

한편으로는 병원에서 생산되는 진료라는 상품 자체가 원두
커피처럼 보이지만 사실은 믹스 커피가 아닐까 싶기도 했다. 많
은 이들이 찾는 병원이니 그만큼 풍부한 경험과 최적의 시스템
을 갖추고 고객의 취향에 맞춘 산도와 풍미를 지닌 원두커피를
대접할 거라 기대할지 모른다. 그러나 현실은 규격화된 믹스 커
피 같은 진료를 생산하는, 한마디로 '공장' 같은 곳이 우리나라
의 대형 병원이 아닐까 싶다.

대형 병원 쏠림 현상은 우리나라 의료의 고질적인 문제이지

만, 암 진료에서 특히 심하다. '암은 큰 병원에 가야 낫는다'는 관념이 대중에게 뿌리 깊게 박혀 있기 때문일 것이다. 물론 소위 '빅파이브(BIG 5)'라 불리는 대형 병원들이 과거 선도적으로 암 진료 시스템을 발전시키면서 좋은 치료 성적을 보여준 것에서 비롯된 것이니(그러니까 꽤 괜찮은 믹스 커피 공장을 세웠다고 볼 수 있다. 맥심에서 맥심 모카골드로 업그레이드한······) 완전히 근거 없는 믿음이라고만은 볼 수 없다. 그러나 문제는 이제 다른 많은 병원들도 암 진료 수준을 상당히 향상시켰음에도 불구하고 쏠림 현상은 갈수록 심화되고 있다는 것이다.

이 상황을 더 악화시키는 것은 우리나라의 빠른 고령화와 전반적인 암 치료 수준의 발전이다. 암은 나이가 들수록 발생 위험이 높아지는 노년의 병이다. 내가 전공의 수련을 하던 2000년대 초반만 하더라도 70대가 넘는 환자가 암 치료를 받는 것은 매우 위험한 것으로 여겨졌지만, 이제는 80대나 심지어 90대도 항암 치료를 하는 시대가 되었다. 또한 수술 기법과 방사선 치료 장비의 발전, 표적 항암제와 면역 항암제의 등장 덕분에 예전 같으면 일찍 생을 마감했을 환자들이 더 오래 살 수 있게 되었다. 물론 의료 기술의 발전은 그 자체로는 바람직하다고 볼 수 있다. 하지만 역설적으로 진료실의 과밀화는 피할 수 없게 된다. 암 환자들이 늘어나면서 병원들은 너도나도 시설과 인력에 투자해왔으나, 이제는 그마저도 과포화된 지 오래다.

고생하는 것은 환자들이다. 대형 병원의 진료실 앞은 늘 자리가 없어 서성이는 보호자들, 간신히 자리를 잡고는 진료 순서가 표시된 전광판만을 바라보는 생기 없는 눈빛들, 기운이 없어 휠체어나 이동형 침대 위에 늘어져 있는 이들로 붐빈다. 진료실로 들어가기 위해 이들 사이를 지날 때면 시선을 돌리지 않고 앞만 바라보려 애쓴다. 그 눈빛들을 마주하면 왠지 모를 죄책감이 들어서. 대다수의 의사들이 이미 자신이 감당할 수 있는 한계를 넘어서 일을 하고 있는데도 왜 이런 상황이 나아지지 않는 것인지, 억울한 마음까지 들기도 한다. 평생을 이 '3분 진료 공장'의 부속품으로 살아가다가 소모되고 말 것인지 가끔 스스로에게 물어보지만, 그나마도 이런 '공장'이 아니면 소위 '필수 의료'를 제대로 할 수 있는 곳이 이젠 얼마 남지 않은 우리 의료 현실을 떠올리며 체념하게 된다. 바깥에 나가면 나도 영양제나 건강기능식품을 팔며 각종 효능이 입증되지 않은 주사를 놓으며 살아가야 할지도 모르니까. 그나마도 믹스 커피라도 만드는 게 낫지, 나가면 쌍화차를 커피라고 우기며 팔아야 할 수도 있는 것이다.

이 책은 이러한 과밀화된 병원에서 일을 하며 생각해온 단상과 일화를 엮은 것이다. 글의 상당 부분은《서울신문》에 한두 달 간격으로 연재하고 있는 '醫심전심'이라는 칼럼 내용을 바탕으로 했다. 또한 예전에 의료전문지《청년의사》에 기고했던 '비정상 진료실'의 내용도 일부 담았다. 일부, 특히 2장〈3분을 위한 팁〉의 내용 상당 부분은 환자와 그 가족에게 구체적으로 도움이 될 만한 내용으로 구성하면 좋겠다는 출판사의 조언을 따라 새로 썼다. 의사의 시각에서만 문제를 바라보는 치우침을 조금이라도 보정하고자 함께 일하는 간호사와 영양사 동료들의 인터뷰도 담았다.

다만 상급 종합병원에서 항암제 치료만을 주로 해온 편협한 시각으로 쓴 책이라 과연 일반 독자에게 큰 도움이 될는지는 잘 모르겠다. 그러나 매년 약 25만 명의 암 환자가 새로 발생하고 암 경험자의 수는 200만 명을 넘어가는 이 시대에 조금씩은 자신과 가족과 이웃의 삶을 떠올리며 읽을 수 있지 않을까 기대해본다. 나 자신도 올해 시아버지와 이모가 모두 항암 치료를 받는 상황이 되어 남 이야기 같지가 않다. 독자가 의료 현장의 모순을 조금이라도 더 이해하고, 좀 더 현명하게 병원을 이용하는 데 도움이 된다면 좋겠다. 나아가 '공장' 같은 의료가 조금이라도 바뀔 수 있도록 더 많은 목소리들이 보태진다면 더할 나위가 없겠다. 당장은 믹스 커피밖에 만들지 못해도 캡슐 커피 기계라도 하나

쯤은 들일 수 있을 테니까. 물론 당장 최고급 원두로 드립 커피를 내놓으라는 요구에는 아직은 응답하기 어려울 것이다. 하지만 커피의 잔 수보다 중요한 것이 커피의 맛이라는 공감대가 이루어진다면, 서로 다른 취향의 커피를 마시고 싶은 이들의 요구를 하나씩 더 충족시킬 수도 있을 것이다.

차례

2장

3분을 위한 팁
대형 병원에서 똑똑하게 진료받는 법

3분 동안 오가는 마음
삶과 죽음의 경계를 걷는 사람들

제1장

3분 진료를 위한 변명

대형 병원은 어쩌다
불평불만의 공간이
되었을까?

의사들은 왜
눈을 마주치지 않을까?

외래 진료를 빠르게 효율적으로 보지 못하는 것은 나의 말 못할 고민이었다. 환자의 기본적인 증상만 물어봐도 문답이 시작되면 3분을 넘기게 된다. 증상이 심상치 않은 환자는 진찰을 건너뛸 수가 없는데, 그러다 보면 5분에서 10분까지도 소요된다.

그러나 누구보다도 진료에 시간을 가장 많이 들여야 하는 환자는 나쁜 소식을 듣게 되는 분들이다. 암이 재발했다는 이야기, 치료제가 듣지 않는다는 이야기, 수개월 내에 돌아가실 수도 있다는 이야기⋯⋯. 이렇다 할 정답이 없는 상황에서 외래 진료 전날 그간의 치료 과정을 복기하며 향후의 계획에 대해 고민해보지만, 직접 환자를 만나면 원점으로 되돌아가게 되는 경우도 흔하다. 당연하다. 환자는 진료 차트나 영상 안에 있지 않으니까.

이렇다 보니 서너 시간 정도의 외래 진료 한 세션(오전 오후 진료를 각각 '세션session'이라고 부른다)에는 30명의 환자가 빠듯하고, 40명을 보게 되면 시간이 초과해 환자들의 대기 시간은 30분에서 1시간까지 늘어나게 된다. 복도에서는 기다리는 환자들로부터 불평불만이 쏟아져 나오고, 간호사들은 이들을 달래느라 난감해한다. 같은 시간에 50명, 70명, 많게는 100명의 환자까지 소화하는 다른 의사들도 있는데, 나는 겨우 30명 정도를 마주하며 허덕이니, 혼자 '놀고 있는' 것 같은 느낌을 지울 수 없었다. '어떻게 그 짧은 시간에 그렇게 많은 환자를 진료하지?'

자격지심에 '진료 효율'을 극대화하기 위한 팁을 궁리하기 시작했다. 서두르느라 정석대로 진료한 것도 아니었지만, 시간을 더 쥐어짜야 했다.

'정석대로' 진료하는 것이란 학교에서 배운 대로 하는 것이다. 환자의 말을 경청하고, 환자와 눈을 맞추며, 쉬운 말을 사용하고, 환자의 말에 공감을 표시하고 인정하는 것. 의과대학 학생들은 직접 모의 환자를 진료하며 이 '정석'을 배운다. 의사 국가시험에서는 이 '정석대로' 진료하는 데 환자 한 명당 약 10분의 시간이 주어지고, 그동안의 면담과 진찰을 통해 진단과 치료 계획을 제시해야 한다. 학생들은 이 10분도 짧다며 허덕대지만 실전은 더 빠듯하다는 것, 그리고 그들을 가르치는 의대 교수들도 그렇게 하지는 못한다는 것을 깨닫는 데는 그리 오랜 시간이 걸리지 않는다.

우리 의료 현실에서 지킬 수 없는 진료의 '정석' 중에서 나는 딱 하나만 지켜왔다. 환자와 눈을 맞추는 것. 진료 시간은 짧고, 기록과 처방을 챙기느라 모니터를 주로 봐야 하지만, 적어도 한 번은 눈을 들여다보자는 것이 나의 진료 원칙이었다. 면담과 진찰은 최소로 하더라도 한 번의 눈 맞춤이 최소한 의사에게 무시당했다는 모멸감은 덜어줄 수 있을 거라는 계산에서였다.

그러나 그게 패착이었음을 최근 깨달았다. 환자의 눈을 보는 것조차 생략했던 어느 날, 진료 속도가 놀랄 만큼 향상된 것을 알게 되었기 때문이다. 평소보다 더 많은 환자를 진료하고도 정시에 마칠 수 있었다. 환자들이 질문을 멈추어서였다. 그들은 궁금한 것이 있어도 묻지 않았다. 아마 눈을 마주치지 않는 상대방에게 제대로 된 대답을 기대하기란 어렵다고 판단해서였을 것이다. 눈길을 거둔 채 필요한 것만 묻고 답하다가 "안녕히 가세요"라고 우렁차게 외치면, 그들은 머뭇거리며 뒷걸음쳐 나갔다. 아, 이것이구나. 속전속결 진료의 비결이. 씁쓸했다. 환자들이 입을 열어 '의학적으로는 중요하지 않은(환자 개개인에게는 중요한 물음일 수도 있겠지만)' 그들의 걱정거리나 궁금증을 말하고 이에 대답하는 과정이 진료에서 제거되고 나니, 뼈만 앙상한 루틴만이 남았다. 이것이 진료 효율 극대화의 방법이었구나. 혈액 검사를 확인하고 항암제를 처방하는 수초의 시간만이 마우스 클릭과 함께 딸그락거리며 쏜살같이 지나갔다. 아, 눈맞춤을 하지 말아야 하는구나. 눈을 보는 것은 안구를 돌리는 찰나의 시간만 소요되는 것이 아니었다. 눈맞춤은 '나는 당신의 말을 들을 준비가 되어 있다'는 뜻을 전달해 상대방으로 하여금 말할 용기를 얻게 하고, 입을 열게 했다. 바쁜 진료실에서는 그렇게 하면 안 되는 것이었다.

정석의 모든 요소를 제거한 초경량, 초스피드 진료를 적용한 이후 나는 40~50명의 환자도 3시간 안에 거뜬하게 볼 수 있게 되었다. 이런 식이면 다음번엔 70명에도 도전할 수 있을 것 같았다. 일단은 환자가 적어 놀고 있는 것 같은 느낌은 면하게 되어 다행이라고 해야 하나? 아, 나도 남들만큼의 생산성을 지니고 있었구나, 하는 안도가 들면서 한편으로는 이런 질문이 떠올랐다.

"그런데, 난 도대체 무엇을 '생산'하고 있는 걸까?"

의사들도 외래를
예습한다

　나는 일주일에 네 세션, 화요일 오전 오후, 수요일 오전, 금요일 오후에 진료를 본다. 월요일부터 토요일 오전까지 진료실을 열어놓는 개원가와 비교하면 상당히 한가한 스케줄인 것처럼 보일지 모르겠지만, 그래도 제때 퇴근하기란 어렵다. 물론 대학병원 의사로서 연구와 교육, 행정과 관련한 다른 일에도 상당한 시간을 쓰지만 그럼에도 불구하고 밤늦게까지 퇴근이 어려운 이유는 따로 있다. 바로 외래 '예습' 때문이다.

　"아이고, 여기 오면 할 말이 많았는데…… 들어오니 다 잊어버렸네. 꼭 물어보고 싶은 게 있었는데…….”

환자분들이 진료실에서 자주 하시는 말씀이다. 마음은 안타깝지만, 질문이 생각날 때까지 마냥 기다려드릴 수는 없다. 그래서 "다음엔 미리 적어오시라"며 다음 약속을 잡는다. 실제 준비를 꼼꼼히 해오시는 분들도 적지 않다. 메모지 한가득 증상을 빼곡히 적어오기도 하고, 필요한 약을 미리 정리해서 오시는 분들도 있다. 그런데 의사들 역시 그런 '준비'를 하지 않으면 진료를 제대로 볼 수 없다.

종양내과 의사들이 '예습' 또는 '프리뷰preview'라고 부르는 과정은 외래 진료 전 예약된 환자들의 검사 결과를 미리 확인하고 이제까지의 치료 과정을 복기해 이번 진료에서는 어떤 결정을 해야 할지 정해놓는 일이다. 그것이 실제 진료 시간보다 오래 걸리는 경우가 꽤 많다. 관련 연구 현황이나 논문을 찾아봐야 하거나 타과 의사에게 연락해 미리 치료 계획을 상의해야 하는 경우는 20분, 30분이 걸리기도 한다. 백조가 물 위에서는 유유자적해 보여도 물 아래에서는 쉼 없이 발을 휘적이고 있듯이, 의사들 역시 진료실이라는 무대 뒤에서는 많은 고민의 과정을 거치는 것이다.

미리 '예습'을 하는 것은 환자 앞에서 혼란스러워하거나 서툰 모습을 보여 그들을 불안하게 만들지 않기 위해서이기도 하고, 진료가 늘어지거나 지연되는 것을 막을 수 있기 때문이기도 하다. 예습을 미리 해놓으면 환자에 대한 결정을 빠르고 명료하게 할 수 있기에 외래 진료라는 컨베이어벨트가 멈춤 없이 돌아가게 할 수 있다. 하지만 예습을 하는 가장 중요한 이유는 환자에게 중요한 문제를 즉흥적으로 결정하고 싶지 않기 때문이다. 가능한 한 모든 가능성을 열어놓고 무엇이 가장 타당하고 효과적이며 안전한 치료 방법이 될지 스스로에게 (가끔은 다른 의사에게도) 물어보는 과정을 거쳐야 환자에게 제시할 수 있다.

종양내과 진료실에서 환자들은 난이도에 따라 상, 중, 하로 나뉜다.

✤ 1. 난이도 하

진료실에서 가장 고민 없이 만날 수 있는 이들은 항암 치료 중인 환자다. 항암 치료 계획이 일단 세워지면 '프로토콜'에 따라 진행하면 된다. 항암제 용량도 다 정해져 있고, 몇 시간에 걸쳐서 투약할 것인지, 부작용이 생기면 어떤 약을 처방하고 약의 용량을 어떻게 조절할 것인지도 병원의 매뉴얼이 마련되어 있거나 나만의 방식이 이미 정해져 있어 그대로 하면 된다. 이러한 과정은 반복될수록 노련함으로 이어지고, 그 속에서 환자들은 안정감을 느낀다. 너무 바쁘고 복잡해도 환자들이 큰 병원을 선호하는 이유는 이러한 노련함 때문일 것이다. 의사의 빠르지만 명료한 설명, 간호사의 날렵하고 정확한 손동작, 바코드만 찍으면 어떤 의료진이든 나를 순식간에 파악하는 효율적인 시스템은 그들을 안심시키고 기꺼이 컨베이어벨트 위에 오르게 만든다.

➠ 2. 난이도 중

계획한 대로 치료를 진행하는 주기는 대체로 2개월 정도다. 재발 전이암은 2개월마다, 재발 예방을 위한 보조 항암 요법은 3~6개월마다 CT를 찍는다. 중간 결과를 확인하고 그에 따라 계획이 바뀔 수 있다. 예습에서 주로 시간이 소요되는 일은 환자들이 진료 전 미리 찍어놓은 CT 등의 영상 검사를 확인해서 어떻게 할지 결정하는 일이다. 암의 크기에 변화가 있는지 확인해서 항암 치료를 계속해야 할지, 약을 바꿔야 할지, 또는 항암 치료를 멈추어야 할지를 결정한다. (나는 이런 상황을 주로 '치료의 변곡점'이라고 부른다). 암 덩어리가 확실히 줄거나 아니면 커지는 경우는 비교적 결정이 명확하지만, 그래도 애매할 때도 있다. 이럴 때는 환자를 만나서 전신 상태와 증상을 확인해 결정해야 겠다고 시나리오를 짜놓는다. 이렇다면 A 방법, 저렇다면 B 방법. 하지만 막상 환자를 만나면 경우의 수는 더 늘어나게 되고 시나리오대로 진행되지 않을 때도 많다.

정말 신날 때는 치료 후 종양이 줄어든 것을 확인할 때다. 평소 하던 치료를 하면 되는 것이므로 결정도 어렵지 않은데, 크기가 얼마나 줄었는지 재어보며 희열을 느끼는 것은 왠지 보람이라기보다는 독특한 취미생활 같은 변태적인(?) 기쁨이 있다. 표준 치료 가이드라인에 따라, 또는 여러 의학적 근거에 따라 가장 효과가 좋을 만한 약으로 치료를 하지만, 실제 각각의 환자에게서 약이 얼마나 효과를 발휘하는지는 사실 거의 운에 가깝다 (물론 그 '운'은 종양의 생물학적 성질에 따라 달라질 것이고 아직 우리는 모르는 것이 많다. 그 '운'이 무엇인지를 밝히는 것이 연구라고 할 수 있다). 그럼에도 불구하고 왠지 내가 잘해서 좋아진 것 같은 착각에 빠지기 쉽다. 어떤 환자들은 암이 줄어든 것을 기뻐하며 스마트폰으로 치료 전후 사진을 비교한 것을 찍어가기도 한다. 그럴 땐 같이 기쁘기도 하지만, 이 효과가 과연 얼마나 오래 지속될 수 있을지 미리 불안해지기도 한다. 반면 어떤 분들은 정말 많이 줄었는데도 왜 아직도 암이 남아 있냐며 실망하는 경우도 있어서, 환자들의 기대 수준은 정말 다양하다는 것을 실감하게 된다.

3. 난이도 상

검사 결과 암이 진행된 환자들로, 특히 건강보험이 보장하는 범위 내에서 더 이상 치료할 약제가 없는 경우 더 많이 고민하고 괴로워하게 된다. 대개 이런 분들을 '말기'라고 부르는데, 대체로 이 단계에서는 오랜 치료와 암의 진행으로 몸과 마음이 많이 쇠약해진 상태가 된다. 이런 환자와의 대화는 매우 어렵고 시간이 오래 걸린다. 일단 본인의 상태를 받아들이기가 쉽지 않고, 병원에서 할 것이 없다고 하니 뭐라도 찾아봐야겠다는 생각에 각종 보완 대체요법이나 검증되지 않은 치료에도 마음이 흔들리기 쉬운 상태가 된다. 질문도 많아지고, 불안도가 상승한다. 신약 임상 시험은 이들의 치료를 이어갈 수 있는 좋은 대안이자 기회가 될 수 있지만, 늘 환자들을 위해 임상 시험이 준비되어 있는 것은 아니다. 어떤 분들은 참여하고 싶어도 자격 기준이 맞지 않아 못 하는 경우도 있고, 반면 임상 시험의 위험과 불확실성에 대한 걱정 때문에 참여하지 않는 경우도 있다.

대개 이런 분들은 기대여명이 6개월 정도이기 때문에 호스피스 상담도 하고 미리 연명의료계획서에 대해 상의하도록 전담 간호사에게 연계하고 있다. 그러나 이런 과정도 컨베이어벨트처럼 속성으로 돌리다 보니, 실제 계획한 대로 생애 말기의 돌봄을 준비하게 되는 경우는 절반이 채 안 된다. 환자가 마음의 준비가 된 경우, 즉 어느 정도 병이 나빠질 경우에 대비해 환자 자신이나 가족들이 생각을 미리 해두었던 경우라면 이런 호스피스 상담은 많은 도움이 된다. 그러나 대부분의 환자들은 자신이 처한 상황에 감정이 격해지기도 하고, 더 혼란스러워한다. 그리고 일부는 비싸고 효과도 떨어지는 비급여 항암제를 투여 받다가 점점 상태가 악화되어 응급실을 오가는 횟수만 늘어나게 된다.

✚ 4. 난이도 극상

진료실에서 만나는 환자 중 난이도가 가장 높은 이들은 항암 치료를 하지 않는 환자들이다. 아니 항암 치료를 하는 과에서 항암 치료를 안 하는 환자들이 제일 어렵다니 그게 무슨 소리인가 싶겠지만 사실이 그렇다. 종양내과 진료실에서 가장 힘든 (본인도 힘들고 의사도 힘든) 케이스는 더 이상 항암 치료를 할 수 없어 증상 완화 치료를 하고 있는 환자들이다. 이들을 위한 치료는 보통 진통제로 통증을 조절하거나 변비, 복통, 불면 등의 증상에 대해 처방, 혹은 방사선 치료나 신경블록 같은 치료처럼 항암과는 관계없는 것들이다. 이런 분들은 어떤 처방을 할지 미리 준비할 수도 없고, 환자에게 하나하나 물어보고 확인하며 진찰도 해야 하니 10분씩 시간이 소요되는 경우가 흔하다.

갓 전문의가 되어서 진료를 시작했을 때는 이들을 대하기가 여러모로 힘들었다. 아프다, 숨차다, 먹지 못한다, 이런 얘기들을 듣다 보면 시간은 계속 흐르고, 딱히 제시할 치료법은 없고,

그러다 진료 시간이 지연될까 초조한 마음을 얼굴에 다 드러내는 부끄럽고 미숙한 모습을 보이기도 했다. 그러나 지금은 이들을 증상을 다스리는 완화 치료에 집중할 수 있도록 돕는 것이 최선이라는 것을 안다.

공장과도 같은 대형 병원의 항암 치료 시스템에서 내 역할이 가장 필요한 이들은 1과 2에 해당하는 환자들이다. 3과 4에 해당하는 이들은 완화 의료 전문가의 협진이 필요하다. 완화 의료 진료실은 암 치료 과정에서의 많은 신체적·정신적 어려움에 대한 약물 치료와 상담을 병행하는 곳으로, 국립암센터의 중앙호스피스 센터에서 인정하는 교육을 마치고 자격을 갖춘 전문의가 담당한다. 호스피스 전담 간호사와 사회복지사 역시 생애 말기의 여러 고통을 덜 수 있는 체계적인 도움을 줄 수 있다. 다행스럽게도 요즘은 대부분의 암 전문병원에 완화 의료 진료실이 별도로 설치되어 있다. 물론 이곳도 여력이 충분하진 않겠지만, 그래도 종양내과 진료실보다는 다각적으로 증상을 평가하고 적절한 계획을 세워 관리하는 체계가 마련되어 있다. 그럼에도 환자들은 수개월, 또는 수년간 항암 치료를 하며 관계를 쌓은 의사에게서 떨어지는 것을 매우 두려워하고, 완화 의료 담당 의료진과 관계 맺는 것을 거부하는 경우도 많다.

그들이 완화 의료를 거부하고 더 이상 효과가 없는 항암 치료를 고집하며 종양내과 진료실에 남으려는 이유는 '병원을 떠나는 것이 곧 삶에 대한 희망을 포기하는 것'이라는 인식 때문일 것이다. 그러니 누구도 쉽게 그들에게 "이제 그만 컨베이어벨트에서 내려오시오"라고 말할 수 없는 것이다.

최근 인구고령화와 의료 및 돌봄의 문제가 대두되면서 죽음의 질에 대한 관심도 늘어나고 있다. 특히 안락사 관련 법안[1]이 발의되기도 하면서 생애 말기의 고통과 죽음에 대한 두려움이 일반 대중 사이에서도 점차 커지고 있음을 느낀다.

그러나 막상 죽음에 가장 가까이 있다고 할 수 있는 암 환자들을 진료하는 입장에서는 이 문제가 사뭇 다르게 다가온다. 죽음이 다가올 때 어떻게 준비를 해야 할지 미처 생각해보지 않은 이들이 아직 대다수이기 때문이다. 즉 임종이 임박한 상태에서 중환자실에서 인공호흡기나 혈액투석기 같은 생명 보조 장치를 이용할 것인지를 본인 스스로가 결정해야 하는데, 사실 이런 문제에 대해 생각해보지 않은 이들이 대부분이라는 것이다.

---

[1] 2022년 국회에 의사 조력 자살을 합법화하는 '조력존엄사법'이 발의되면서 사회적 반향을 일으킨 바 있다. 국민의 76퍼센트가 안락사에 찬성했다는 설문조사 결과를 그 근거로 하고 있다.

그러다 막상 질병의 고통이 엄습하면 이 문제를 결정하기가 매우 어려워진다. 당장 몸이 아프고 제대로 먹지도 못하는데 "더 악화되면 인공호흡기를 달지 않겠다"는 서명을 하는 것이 과연 가능하겠는가. 게다가 더 상태가 악화되어 의식이 떨어지고 호흡이 가빠지면, 이 시점에서 담당 의사는 직계존비속 가족들을 불러 모아 인공호흡기를 달 것인지를 일일이 확인하고 서명을 받아야 한다. 물론 몸 상태가 비교적 괜찮을 때라고 해도 죽음에 대한 대화는 힘들고 고통스럽다. 그러나 미리 생각하고 결정을 해두는 것이 죽음에 임박한 상황에서의 혼란과 아픔을 조금이라도 덜 수 있는 최선의 방법이다. 그래도 예전에 비하면 점점 더 많은 이들이 생애 말기에 대한 대화에 열린 마음으로 임하고 있고, 사전연명의료의향서를 미리 작성해놓은 환자들도 늘어나고 있어 다행스럽게 생각한다.

생애 말기의 의료 결정은 크게 다음의 두 가지 방식으로 할 수 있다.

사전연명의료의향서

향후 임종 과정에 있는 환자가 되었을 때를 대비해 연명의료 및 호스피스에 관한 의향을 문서로 작성해두는 것으로 19세 이상이라면 누구나 할 수 있다. 단, 보건복지부의 지정을 받은 사전연명의료의향서 등록 기관(상당수 종합병원 및 국민건강보험공단 지사가 이에 해당한다)을 방문해 작성해야만 연명의료 정보처리 시스템의 데이터베이스에 보관되어 법적 효력을 인정받을 수 있다.

연명의료계획서

말기 환자 또는 임종 과정에 있는 환자가 의사와 상의하여 작성하는 서류다. 질병의 말기 상태인지, 임종 과정에 있는지의 여부는 해당 환자를 직접 진료한 담당 의사와 해당 분야의 전문의 1인이 동일하게 판단해야 한다.

※ 사전연명의료의향서와 연명의료계획서에 대한 좀 더 자세한 설명은 국민연명의료관리기관(www.lst.go.kr)을 통해 얻을 수 있다.

혹시, 참여할 만한
임상 시험 없을까요?

"선생님, 제 환자가 MSI-H 대장암으로 진단받았는데 키트루다 치료는 경제적 어려움으로 받기 힘들다고 합니다. 혹시 참여할 만한 임상 시험이 없을까요?"

다른 병원에 계신 선생님이 이메일을 보내왔다. 암으로 고통받기엔 너무 젊은 환자, 약이 잘 들을 만한 질병, 그러나 약값을 감당하기는 어려운 상황. 종양내과 의사라면 주먹을 불끈 쥐게 되는 전형적인 케이스다. '아, 이 환자는 받아야만 해!'

"네, 보내주시면 됩니다. 제 외래 진료 예약하시고 병록번호 알려주시면 외래 간호사실에 얘기해놓겠습니다."

MSI-H는 우리말로는 고도 현미경부수체 불안정성microsatel-lite instability-high: MSI-H이라고 하는데, 세포가 분열·증식할 때 일어나는 유전자 복제의 오류를 고치는 효소가 고장이 나서 수많은 돌연변이가 생겨나는 현상이다. 이런 현상은 여러 암종에서 발생할 수 있지만 상당히 드물다. 전이성 대장암에서는 2~3퍼센트 정도의 빈도로 발견된다. 예전에는 암의 발생 기전의 하나 정도로 이해되었지만, 면역 항암제의 시대에는 이 현상을 진단하는 것이 매우 중요해졌다. 돌연변이가 많을수록 잘 듣는 면역 항암제가 이런 유형의 종양에서는 최적의 치료제가 될 수 있기 때문이다.

문제는 비용이다. 2023년 4월 현재까지도 MSI-H 대장암의 최적의 치료제로 알려져 있는 키트루다는 건강보험급여가 되지 않는다. 한 달에 수백만 원씩 하는 비용을 감당하기 어려운 환자를 마주하면 환자뿐 아니라 의사도 괴롭다. 어떻게든 대안을 찾아보고자 노력하게 된다. 그것이 내가 근무하는 병원에 있든, 다른 병원에 있든 간에 말이다.

많은 경우 그 대안은 임상 시험이다. 표준 치료인 키트루다와 비슷한 다른 면역항암제를 약제를 사용하는 임상 시험도 있고, 여러 면역항암제를 같이 투여해 효과를 더 높이는 것을 목표로 진행되는 임상 시험도 있다. 임상 시험은 어떤 프로토콜이

냐에 따라 조금씩 다르지만, 새로운 약제나 새로운 조합의 약을 테스트하는 경우 기본적으로는 환자에게 약값을 부담시키지 않는 것이 원칙이다. 더 새롭고 개선된 치료를 기대하는 환자에게도, 경제적 어려움으로 고통받는 환자에게도 임상 시험은 기회가 된다. 물론 항상 효과가 있는 것은 아니며 아직 알려져 있지 않은 부작용의 위험은 어느 정도 감수해야 하는 것이 사실이다.

3분 진료라는 현실은 사실 아주 면밀히 환자를 관찰하고 평가해야 하는 임상 시험의 엄격한 기준에 잘 맞지 않는다. 그럼에도 불구하고 서울이 세계 제1의 임상 시험 도시[2]가 된 이유는 역설적이게도 효율적인 3분 진료 때문이기도 하다. 전국에서 몰려드는 많은 환자를 진료하니 임상 시험 대상이 되는 환자들을 다른 나라의 병원보다 빨리 찾을 수 있고, 3교대에 지쳐 병동을 떠나는 숙련된 간호사 인력을 연구원으로 고용해 복잡한 임상 시험 절차를 빠르게 진행할 수 있기 때문이다. 온갖 모순과 극단이 버무려져 역설적으로 세계적인 성과를 내는 것은 마치 K팝과 흡사하다는 생각까지 든다. K팝의 성공에 그저 자랑스

---

2) 식품의약품안전처와 국가임상 시험지원재단이 발표한 〈2022년 의약품 임상 시험 승인 현황〉에 따르면 도시별 임상 시험 등록 건수에서 서울이 세계 1위, 국가별 점유율에서 우리나라가 세계 5위를 기록했다(2023년 4월 14일 식약처 보도자료).

러워만 할 수는 없듯이, K임상 시험에 대해서도 그러한 양가감정이 든다. 기획사로 몰려드는 수많은 아이돌 지망생들처럼 전국의 환자들은 서울의 큰 병원으로 몰려들지만, 임상 시험에 참여할 수 있는 이들은 그중 소수이고 이들 중에서도 신약의 드라마틱한 효과를 보는 이들은 일부에 불과하다.

　임상 시험은 종양내과 의사에게 새로운 기전의 약에 대해 알아가는 의학 연구의 기회이기도 하지만, 동시에 환자에게는 새로운 치료 기회가 생기는 일이다. 외래 진료 예습을 할 때 생각하는 중요한 항목이기도 하다. 이 환자가 임상 시험 대상이 되는지, 대상이 된다면 환자가 참여를 할 만한 분인지, 참여를 하는 것이 환자에게 도움이 될 만한지 등등을 곱씹어본다. 임상 시험 대상자가 있으면 미리 담당 연구간호사에게 연락해서 임상 시험 참여 기준에 맞는지 확인해달라고 하는 것도 진료 전 '예습' 시간에 챙겨야 하는 일들이다. 한편, 임상 시험은 제약회사 입장에서는 매우 첨예한 경쟁의 장이기도 하기 때문에 시시각각으로 상황이 달라진다. 효과와 안전성, 각종 검사 결과를 실시간으로 검토하고 수시로 원격 회의가 열린다.
　한편 임상 시험이 많지 않은 기관에 근무하는 의사 입장에서는 환자를 위한 대안을 이곳저곳에 알아보느라 역시 바쁘다. 물론 모든 환자에 대해 그렇게 정성을 들일 수는 없는 일이지만, 위와 같이 임상 시험에 참여해서 도움을 얻을 가능성이 큰 환자의 경우에는 어떻게든 수소문해서 다른 병원에서라도 치료를 이어갈 수 있도록 애쓴다.

일부 사명감이 투철한 의사들만 이런 노력을 하는 것은 아니다. 환자에게 무뚝뚝하고, 기계적으로 환자를 대하는 듯 보이는 의사라도 '자신의 환자에게 최선의 치료 기회를 제공하려는 노력'은 기본값이다. 특히 종양내과 의사에게는 그것이 일종의 '사명'이기도 하다. 하지만 이런 노력은 환자의 눈에 잘 보이지 않고, 컨베이어벨트 같은 진료실에서 마주하는 모습만 보이다 보니, 본의 아니게 오해를 받는 것이 안타까울 뿐이다.

병원이라는 경계를 넘어 의료진 간의 네트워크를 통해 환자에게 맞는 임상 시험을 찾아보려는 시도는 현재 국립암센터 주관의 암 정복 연구 사업의 일환으로 이루어지고 있다. 매주 전국 각지의 종양내과 의사 및 병리과 의사들이 원격회의 플랫폼을 통해 만나서 환자 증례를 논의하고 각 병원에서 진행되고 있는 임상 시험을 소개하며 치료 방향을 논의한다. 이 분자 종양 보드molecular tumor board라는 새로운 형식의 집담회는 임상 시험과 암 유전체 분석이 확대되어가고 있는 시대에 공간을 초월하여 환자에게 최적의 치료 대안을 제시하기 위한 방식으로 자리 잡아 가고 있다.

　앞서 이야기한 MSI-H 대장암 환자는 지금 면역 항암제 임상 시험에 참여하며 몸속의 암이 상당 부분 줄어들고 일부는 사라진 상태로 건강하게 통원 치료를 받고 있는 중이다. 원래 다니던 병원의 선생님이 소개해주지 않았더라면 기대하기 어려웠을 결과다. 그분이 만약 환자를 기계적으로 3분만 진료했다면, 또는 나에게 이메일을 보내는 정성을 기울이지 않았다면 어땠을까? 의사라는 직업이 약간의 선의로도 많은 것을 바꾸는 직업이기에 늘 긴장하고 깨어 있을 수밖에 없음을 새삼 깨닫는다.

과잉 진료는
왜 일어날까?

 50대 여자 A씨. 대장암의 간 전이로 황달이 생겼고, 복수가 찼다. 항암 치료 후 부작용이 심해 치료를 중단한 뒤 한동안 내원하지 않던 환자였다. 2주 전 열이 나서 응급실에 다녀갔다는 기록이 있다. 그때 찍은 CT에서도 간 전이가 많이 진행되어 있었다. 간 전이로 인한 발열이리라. 병실이 없어 입원하지 못하고 다른 병원으로 전원되었다가 예약된 외래 진료를 보러 왔다. 휠체어를 타고 진료실로 들어오는 환자를 보며 직감한다. 말기구나. 죽음이 코앞에 다다른 상태다. 이 정도면 항암 치료도 할 수가 없다.

복수가 차서 숨을 쉬기도 어렵고, 간 전이로 인한 통증 때문에 움직이기도 힘든 상태라 다시 응급실로 보내드렸다. 배에 바늘을 꽂아 복수를 뽑고, 진통제를 맞고, 자리가 있으면 입원을 해서 며칠 동안 증상을 조절하자고 했다. 안정된 후 호스피스 병원으로 보내드리는 것이 나의 계획이었다.

다음 날 아침, 응급실 전공의에게 연락을 했다. 그런데 CT를 또 찍었다고 했다. 불과 2주 전 CT를 찍었는데 왜? 복수가 가득 찬 것은 신체검진으로도 충분히 알 수 있는데 왜 찍었는지를 물었다. '2주 전과 비교해 복부 팽만이 악화했고, 상태가 변화해서' 찍었다고 했다. 복수가 더 차서 배가 불렀다고 생각하는 것이 상식적이건만 응급실이라는 곳은 원래 상식 밖의 일에도 대처해야 하는 곳이니 그럴 수도 있다고 생각했다.

그런데 정작 복수를 뽑지 않은 것은 이해할 수 없었다. 그 전공의는 "혈액 응고 수치가 기준 이하였기 때문"이라고 대답했다. 간 전이로 인해 간 기능이 좋지 않은 환자라면 혈액 응고가 정상일 수 없는 것을 알고 있지 않냐고 그에게 물었다(간은 혈액을 굳게 만들어 출혈을 막는 혈액 응고 인자를 생성하는 역할을 해, 간 기능이 악화하면 혈액 응고 수치도 떨어진다). 그는 알지만 그래도 그 수치에서 배에 바늘을 꽂는 것은 위험할 것 같아 복수를 뽑지 않았다고 했다. 설상가상으로 환자는 혈장수혈을 받았다. 혈장수혈은 혈액 응고 인자를 보충해주는 목적으로 많이 쓰이지만, 체내 혈액량을 증가시켜 복수로 가는 수분량도 증가시킬 수 있다. 반면 혈장수혈을 해도 간 기능이 나쁜 환자는 좀처럼 수치가 오르지 않는데, 이 환자도 그랬다. 결국 환자는 복수가 더 증가할 수도 있는 혈장수혈을 받았으나 정작 수치가 오르지 않아 복수는 빼지 못하고 있었던 것이다.

의료에는 수많은 불확실성이 존재한다. 그리고 환자들에게 그 불확실성이 가져오는 나쁜 결과는 매우 치명적일 수 있다. (물론 그것을 100퍼센트 차단할 수는 없겠지만) 불확실성을 차단하기 위한 최선의 노력이 중요해지는 이유다.

그러나 정말 그 노력들이 환자에게 도움이 되느냐 역시 중요한 문제다. 불필요한 검사와 치료는 금전적 낭비일 뿐만 아니라 환자에게 해가 될 수도 있다. 그러나 상당수의 의료 과실과 관련된 소송에서는 '환자를 위한 위험과 이득을 따졌느냐'보다는 '충분한 검사나 치료를 했는가'가 쟁점이 되는 경향이 있다. 그렇다 보니 의사 입장에서는 고심해서 안 하는 것을 선택하기보다는 일단은 뭔가를 하고 보는 쪽을 택하게 된다. 응급실같이 결정할 시간이 촉박한 상황에서는 더욱 그렇다.

응급실의 담당 전공의는 특별히 머리가 나쁘거나 게으른 이가 아니었다. 어쩌면 모든 것을 다 챙기는 치밀한 의사였기에 이런 일들을 다 처리했는지도 모른다. 응급실에 오는 모든 환자는 불확실성을 차단하고 위험을 줄이기 위한 최선의 검사를 신속히 진행해야 하기에 그는 잽싸게 이 모든 결정을 해버린 것이었다. 혹시 있을 수 있는 복부 팽만의 다른 원인을 감별하기 위한 CT를 오더하고, 혹시 있을 수 있는 복수천자로 인한 출혈의 위험을 줄이기 위한 수혈을 했다. 그에게는 환자의 복부 팽만, 호흡 곤란, 통증을 해결하는 것보다 응급실에서 예상치 못한 문제가 생기는 것을 사전에 파악하고 차단하는 것이 더 중요했던 것이다.

예전에는 교수에게 이런 불필요한 검사들을 왜 했냐, 환자에게 도움이 될지 생각해보았냐는 나무람을 듣곤 했다. 그러나 내가 이 일에 종사한 약 20년 남짓한 세월 동안 분위기는 많이 바뀌었다. 쓸데없는 검사를 많이 했다고 나무라는 것은 한가한 '꼰대'나 하는 짓이 되어버렸다. 그랬다가는 전공의들에게서 '문제가 생겼을 때 당신이 나를 보호해줄 것도 아니지 않느냐'는 원망 어린 눈빛을 받아야 할지도 모른다.

전공의만 탓할 게 아니다. 외래 진료실에서도 소위 '과잉 진료'는 숨 쉬듯 일어난다. 약간의 불확실성을 커버하기 위해 더 많은 검사와 더 많은 투약을 한다.

검진 차 찍은 CT에서 나타난 애매한 소견은 2~3개월 후 다시 찍어보면 재발인지 아닌지 가늠할 수 있을 것이라 환자를 설득해보지만, 결국 불안해하는 환자를 이겨내지 못하는 나는 고가이면서 방사선 노출이 더 많은 검사인 양전자 단층 촬영을 오더하고 만다. 경험상 재발암의 치료에는 3개월의 차이가 결정적인 것이 아님을 알고 있지만, 만약 3개월 후 재발로 판명된다면 환자는 분명 나를 탓할 것이기 때문이다.

진료실에서 백혈구의 회복이 늦어 항암 치료를 미뤄야 하는 경우가 종종 일어난다. 대부분 별일 없이 1~2주면 저절로 회복된다는 것을 알고 있지만, 치료가 미뤄져 안절부절못하는 환자의 마음과, 혹시나 하는 나의 불안이 겹치면 결국 건강보험 적용이 되지 않는 백혈구 촉진제를 처방하게 된다. 백혈구 촉진제는 보통 백혈구를 미리 올리기 위한 예방적 용도로 쓰고, 백혈구가 이미 낮아진 상태라면 촉진제 투여가 감염 발생을 의미 있게 줄였다는 연구 결과는 없다. 백혈구 수치야 올라가겠지만 일시적이다. 그러나 만에 하나 감염증이 발생한다면 그것은 낮아진 백혈구를 올리는 조치를 하지 않은 의사의 탓이 될 것이다.

진료실에 온 환자가 기침과 가래를 호소한다. 생각할 시간, 설명할 시간이 부족한 나는 환자에게 청진기를 대어 숨소리를 들어보기도 전에 일단은 엑스레이를 찍고 오라고 한 뒤, 무언가 심상치 않아 보이면 바로 흉부 CT를 예약한다. 물론 암 환자들이라 다소 선제적으로 조치를 취할 필요는 있지만, 그래도 환자 몸에 손 한번 대지 않고 이런 결정들을 척척 하는 것이 맞는가 싶기도 하다.

과잉 진료가 우리나라만의 문제는 아니다. 급등하는 의료비 문제로 몸살을 앓고 있는 많은 선진국에서도 이를 해결하기 위해 여러 정책을 펼치고 있다. 대표적인 것이 2012년 미국 내과의사재단American Board of Internal Medicine Foundation이 시작한 '현명한 선택Choosing Wisely' 캠페인이다.[3] 근거가 불명확한 검사나 치료를 줄여서 의료 비용을 억제하고 의료 서비스의 질을 향상시킨다는 취지에 기반해서 여러 의학 분야에 걸친 가이드라인을 제시한다. 우리나라에서도 의학한림원이 2020년 '현명한 선택' 캠페인을 시작했고, 여러 학회에서 참여하고 있다.[4] 그러나 미국 현명한 선택 캠페인에서 제안한 700여 가지 권고안에 비해서는 아직 미약하다. 10여 개 학회의 약 60여 개 권고안에 불과하고, 그나마도 잘 알려져 있지 않다.

이 캠페인에 참여한 여러 학회의 권고안을 살펴보면 앞서 이

---

3) https://www.choosingwisely.org/
4) http://www.choosingwisely.co.kr/index.php

야기한 전공의의 진료는 적절하지 않았다는 것을 알 수 있다.

"간경변증 환자에게서 복수천자, 내시경적 정맥류 결찰술 및 저위
험의 침습적 시술에 앞서 응고장애의 교정을 위해 신선동결혈장
을 일상적으로 투여하지 않는다." (대한간학회)

백혈구 촉진제를 쉽게 처방하는 나의 진료 역시 그렇다.

"백혈구 감소에 의한 감염성 발열의 위험이 20퍼센트를 넘는 항
암제를 쓰는 중이 아니라면 백혈구 촉진제를 투여하지 않는다."
(미국임상종양학회)

또한 일반인의 상식과도 거리가 다소 있다는 것을 알게 될
것이다.

"임상적 근거가 확실하지 않은 건강기능식품을 권하지 않는다."
(대한가정의학회)

"적응증이 아니라면 포도당, 생리식염수, 아미노산 및 비타민 등
을 함유한 수액제제를 주사하지 않는다." (대한가정의학회)

이는 의사는 물론 환자 또한 의료에 대한 인식을 바꿔야 과잉 진료를 줄여나갈 수 있다는 것을 의미한다. 어떤 것이 환자에게 더 유익하고 의학적 근거가 있는 치료인지 환자 자신이 이해해야 의사도 처방을 줄일 수 있다.

과잉 진료는 흔히 의사와 병원의 탐욕에서 비롯되는 것으로 간주되어왔다. 검사와 치료를 더 할수록 돈이 되는 행위별 수가제가 의사에게는 경제적 이익을 가져다주기 때문이다. 그런 면이 아주 없는 것은 아니지만 내 생각에는 시간의 문제가 가장 크다. 이 검사를 왜 하는지, 이 치료가 어떤 효과와 부작용이 있는지 환자에게 자세히 설명할 시간이 부족하고, 검사를 결정하기 전에 충분히 환자에게 증상을 물어보고 진찰할 시간이 부족하다. 이러한 과정이 있어야 환자는 의사가 자신을 충분히 파악했다고 받아들이고, 검사나 치료를 더 하지 않고 지켜보자고 해도 이해할 수 있다. 과잉 진료는 결국 부족한 시간을 메우기 위한 더 큰 비용의 지출이 된 셈이다.

'현명한 선택' 캠페인에서는 환자와 의사와의 대화가 과잉 진료를 줄이는 첫걸음이라고 강조한다. 정말 맞는 말이지만 현실은 녹록지 않다. 빠르게 다가오는 고령화 사회에서 기하급수적으로 늘어나는 의료비를 관리하려면, 과잉 진료를 유발하는 경제 구조는 물론 굳어져버린 고비용 진료의 패턴 또한 바뀌어야 할 것이다. '현명한 선택' 캠페인과 같은 노력들이 좀 더 많은 이들의 관심과 실천의 대상이 되기를 바란다.

암 생존자로
살아간다는 것

  종합병원의 종양내과 진료실에서 소위 '3분 진료'는 지금 항
암 치료 중인 환자들에게나 적용된다. 치료를 마치고 검진받는
환자들, 즉 암 생존자들은 그 정도의 관심도 받지 못한다. 질병
과 일상 사이의 경계를 살아가는 그들은 대개 긴장된 표정으로
진료실에 들어선다. 그러나 진료 전에 재발이 없다는 검사 결
과를 미리 확인한 담당 의사는 보통 1분 이내에 진료를 끝낸다.

  "괜찮습니다. 다음에 봬요."

그 이후 터져 나오는 질문들, 가령 무엇을 먹는 것이 좋은지, 운동은 얼마나 해야 하는지, 건강보조식품을 먹어도 되는지, 일을 시작해도 괜찮은지에 대한 상세한 설명은 불가능하다. 결국 "골고루 드시면 됩니다", "운동 꾸준히 하세요" 같은 누구나 할 수 있는 말을 던져주며 서둘러 진료를 마친다.

암 치료의 목표가 환자를 일상으로 되돌려 보내는 것이라면, 국내 병원 의사들은 그 목적을 잘 달성하고 있다고 할 수 있다. 암 생존율은 지속적으로 향상되고 있고, 세계적으로 앞서가는 암 치료 성적을 자랑하기 때문이다. 하지만 종합병원의 북적이는 외래 진료실에서 의사의 말 한마디를 듣고 다음 진료 때까지 수개월의 삶을 유예받은 느낌으로 돌아서는 환자에게 치료의 후유증과 각종 의문, 불안은 오롯이 자신이 감당해야 할 몫으로 남는다.

선진국에서는 지역 사회 중심으로 암 생존자 돌봄 프로그램이 보편화되어 있다. 암 진단과 치료는 환자의 신체적 건강은 물론 정신 건강, 생활 습관, 직업과 성격, 성생활 및 재정 상황에 이르기까지 광범위한 영향을 미치는데, 이를 포괄적으로 평가하고 관리할 수 있도록 도움을 제공하는 것이 암 생존자 돌봄 프로그램의 목적이다. 환자의 1차 진료 의사, 즉 주치의와의 소통과 관리는 이러한 프로그램의 중요한 부분이다. 그러나 주치의

제도도 없고, 암 진료가 수도권의 대형 병원 중심으로 이루어지는 우리나라에서 이런 프로그램이 자리 잡는 것은 요원해 보인다. 다행히 보건복지부에서 지원하는 암 생존자 통합지지센터가 국립암센터를 위시해 각 지역 암센터 지정 병원에 설치되어 있어서, 치료를 마친 환자들에 대해 영양, 운동, 수면 관리 프로그램과 심리 지지 프로그램이 운영되고 있다. 그러나 아직 그리 활발히 이용되고 있지는 못한 형편이다. 실제 대부분의 환자들이 치료 후 몸과 마음의 회복은 암 전문 요양병원에서 하는 영리 위주의 프로그램에 기대고 있다.

　　대부분의 환자들이 암 치료 후 검진도 굳이 서울로 다니기를 원하는 이유는 재발에 대한 불안감 때문이다. 결국 생길 재발도 지역 병원에서 검진 중 발견이 되면 "서울에 계속 다니면서 관리를 받지 않아서 재발했다", 또는 "서울에서 검진을 받지 않아서 늦게 발견이 되었다"는 식의 잘못된 믿음이 환자들 사이에 확산된다. 그 관리라는 것이 주기적으로 CT를 찍는 것 외엔 별다른 것이 없음에도 불구하고. 그래서 실제로 환자의 거주 지역 의료기관으로 암 생존자를 되돌려보내는 것은 말처럼 쉽지는 않다.

　"치료 마치신 지 1년이 지났으니 이제 가까운 병원에서 검진을 받으시면 어떠세요?"

"…… 그냥 여기로 다니면 안 되나요?"

"검사 결과 한번 들으려고 그 먼 곳에서 여기까지 오는 게 어렵지 않으세요?"

"그래도 일 년에 한두 번인데 그냥 여기 오는 게 낫죠."

검사 결과가 괜찮다는 말을 듣자마자 안도의 한숨을 깊게 내쉬는 환자에게 병원을 옮기라는 말은 귀에 잘 들어오지 않을 것이다. 전원을 가겠다고 결정한 환자도 마음을 바꿔 다시 진료실에 들어오기 일쑤다. "지인들에게 물어보니 다들 서울로 다니라고 하더라고요."

암 생존자들이 대형 병원의 검사실과 진료실에서 떠도는 삶을 벗어나 더 나은 돌봄을 받으려면 어떻게 해야 할까? 우선은 지역 사회에 주치의가 있어야 할 것이고, 그 주치의가 암 치료를 받은 병원과 원활하게 소통하고 있다는 확신이 들어야 할 것이며, 병원을 옮겨도 나의 건강 정보가 누락되지 않고 안전하게 잘 전달될 것이라는 믿음이 있어야 할 것이다. 그리고 지역 병원의 검진이 단순한 검진이 아닌 통합적인 삶의 질 관리 프로그램과 융합되어야 하지 않을까? 1분 진료로는 해결할 수 없는 그 무엇을 지역에서 제공할 수 있을 때, 암 생존자들은 수도권 대형 병원의 진료실을 떠나 지역의 삶으로 돌아올 수 있을 것이다.

| 암 생존자 통합 지지 프로그램

심층 상담

* 신체, 심리, 사회적 어려움에 대해 전문가들에게 상담을 할 수 있다.

신체

* 신체 활동량과 체력을 증진하도록 스트레칭, 전신 근력 운동, 바른 걷기 자세를 배우고, 건강한 식생활 방법 등을 익힌다.

심리

* 디스트레스를 이해하고, 올바른 수면 정보를 습득하고 피로 완화와 복식호흡, 점진적 근육 이완 등 스스로 마음을 건강하게 관리하는 법을 익힌다.

생활

* 일상생활 및 사회로 복귀하기 전에 몸과 마음을 어떻게 준비해야 하는지 배운다.

출처: 국립암센터 암생존자통합지지실

국내에서는 국립암센터 및 12개 권역 암생존자 통합지지센터를 운영하고 있다. 암 진단 후 초기 치료(수술, 항암 치료, 방사선 치료 등)를 완료한 환자가 대상이며, 암을 진단받고 수술, 항암화학 요법, 방사선 치료 등의 치료 중인 암 환자, 호스피스 및 완화의료 서비스 대상 암 환자는 대상에서 제외된다. 진료과 담당 주치의 상담 후 방문 신청 혹은 암생존자통합지지실 방문 혹은 전화 상담 후 신청이 가능하다.

대형 병원은 어쩌다
불평불만의 공간이 되었을까?

　가끔 신문에는 기자들이 병원에서 목격한 3분 진료 현장에 대한 이야기가 실린다. 2019년 7월 《중앙일보》에 실린 '노인과 병원의 바다'라는 칼럼이 그중 하나다. 병원 진료실에서의 답답한 현실은 이렇게 묘사된다.

　백발 신사의 시선은 허공을 맴돌았다. 의사는 팔순 넘은 환자의 CT 사진을 컴퓨터 화면에 띄우고 설명했다. 이해하지 못한 듯한 환자의 표정은 안중에 없었다. 짧고 강렬한 불통의 현장. 무척이

나 바빠 보이는 의사는 – 대기실에서 기다리는 다음 환자가 걱정
돼서인지 – 마우스를 빠르게 돌려댔다. "여기 보시면 뭐가 보이
죠. 검사가 필요합니다"라고 했다. 그러나 노인은 '여기'부터 맥락
을 놓치고 있었다. 평생 마우스를 안 쓰고 은퇴한 그는 화면 속 작
은 화살표의 의미를 몰랐고, 그 섬세한 움직임을 따라잡지 못했다.
진료실을 나선 노인은 "아픈 게 죄"라며 한숨지었다.

아마도 이 노인은 글쓴이의 아버님일지도 모르겠다. 사실 이
칼럼의 어조는 꽤 점잖다. 서글픔을 드러내는 담담한 문체로 쓰
였다. '우리가 의사에게 바라는 것'이라는 제목의 2014년 《조선
일보》의 칼럼에 비해서는 말이다. 이 칼럼에서 기자는 "그 의사
라는 직업인이 내 어머니의 생사生死를 담당하고 있었기에 나는
그의 뺨을 때리거나 종아리를 걷어차지는 않았다. 그 대신 의사
에 대한 마지막 신뢰를 걷어차버렸다"고 일갈한다. 모골이 송
연해진다.

병원에서 한 사람의 인간으로 대접받지 못한, 하나의 병록번
호로 다뤄지는 소외의 경험은 누구나 해봤을 법한 것임과 동시
에 누구나 공감할 수 있는 소재다. 나의 전작 《잃었지만 잊지 않
은 것들》은 암으로 돌아가신 내 아버지와 아픈 아버지를 간호하
던 어머니가 쓴 병상일기를 소재로 하고 있는데, 여기엔 의료진

의 무례함과 무심함에 상처를 받은 이야기가 가득하다. 내가 의사인 것도 잊고 그들에게 화가 치밀 정도로. 부모님의 일기가 아니더라도 환자와 보호자로서 병원을 찾는 경험에 대한 이야기는 직업 특성상 늘 눈여겨보게 된다. 기자들이 쓰는 병원의 경험 역시 눈길이 가는 것은 물론이다.

그러나 한편으론 좀 의아하기도 하다. 중앙 일간지 중견 간부쯤 되면 병원 홍보팀이 먼저 알고 담당 의사나 의료진에게 연락을 준다. 그들의 기사 한 줄에 자신은 물론 병원에 대한 평판이 바뀌기도 하니 언론인이 환자이거나 보호자인 경우에는 의사들도 좀 더 신경을 쓰게 된다. 그럼에도 불구하고 이런 푸대접을 받았다니 일반 환자들은 어떻게 느끼겠느냐는 반박도 가능하다.

의사들의 의사소통 능력이 부족한 것은 사실이다. '노인과 병원의 바다'로 돌아가보자. CT 사진을 보여주며 조직검사를 해야 한다고 설명할 때 의사의 머릿속에는 사실 환자가 어떻게 느끼고 받아들일까를 생각할 여지는, 솔직히 말하건대 나의 경우를 되돌아보아도 많지 않다. "환자의 표정은 안중에 없었다"는 대목은 아마 사실일 것이다.

다만 이런 것들이 의사의 머릿속에는 가득할 것이다. 이것은 암인가 아닌가? 환자의 나이, 성별, 흡연력, 환경, 가족력, 직업, 과거 병력을 고려할 때 이것이 악성 종양, 즉 암일 가능성이 얼마나 될 것인가.

그 의사는 진료 전에 CT를 보고 영상 판독 결과를 미리 확인했을 것이다. 그리고 영상의학과 의사에게 연락을 해봤을지도 모른다. 조직검사를 할 수 있는 부위인지, 혹시 기흉이나 출혈 같은 문제가 생기기 쉬운 부위는 아닌지, 기관지내시경으로 접근하는 게 더 나을지. 노인에게서 흔한 부정맥이나 관상동맥 질환이 있다면 항응고제나 항혈전제 같은 출혈 위험이 높은 약제도 복용하고 있을 텐데, 이건 또 얼마나 오래 끊고 조직검사를 할 수 있을지.

조직검사를 하는 것은 다소 위험이 따른다. 더군다나 노인은 합병증을 겪으면 회복하기가 좀처럼 쉽지 않다. 검사를 안전하게 할 수 있는 부위인가. 검사의 위험에 비해 그것으로 얻는 정보가 가치 있는 것인가. 만약 악성으로 나온다면 그다음은 어떤 검사를 할 것인가. 그 이후에는 어떤 치료가 가장 적합할 것인가.

그러나 컴퓨터 모니터상의 깜빡이는 커서가 노인 환자에게 어떻게 보일 것인지, 의사는 생각해본 적도 없고 배운 적도 없을 것이다. 설명을 다 하고 나서는 의사의 머릿속은 이미 그다음 환자로 넘어가 있다. 그렇게 하지 않으면 제시간에 진료를 마칠 수 없기 때문이다.

노인은 병원이라는 바다에서 헤매지만, 의사는 수많은 가능성과 불확실성의 바다에서 헤맨다. 그 바다가 환자마다 하나씩 펼쳐져 있으니 의사에겐 과로의 바다일지도 모르겠다. 그 속을 노인의 손을 잡고 가장 최선의 길로 인도해주어야 한다. 정신 차리고 있지 않으면 엉뚱한 길로 빠져들 수도 있다. 정확하고도 합리적인 길을 찾아 헤매며 그는 앞만 보았을지도 모른다. 막상 그 길에서 맞닥뜨리는 온갖 고통을 마주해야 하는 환자의 눈을 바라보지 못하는 것은 아이러니다.

환자의 경험이 곧 의료의 질이라고 한다. 맞는 말이다. 제아무리 최첨단 의료 기술로 무장한다고 해도 환자의 괴로움을 덜수 없다면, 환자를 불안하고 슬프게 만든다면 그것은 의료가 본질적인 목적을 달성한 것이라 볼 수 없다.

환자 경험 평가 결과를 의료수가에도 반영하게 될 가능성이 높아지면서 '좀 더 친절해라', '설명을 잘해라', '회진을 제때 돌아라', '환자를 칭찬하고 격려해라'와 같은 내용을 담은 공지 메일을 계속 받고 있다. 의사들은 진료실에서의 커뮤니케이션 패턴에 대한 모니터링과 카운슬링도 주기적으로 받아야 한다. 그런데 사실 가장 중요한 환자 수를 줄여주려는 노력은 병원도 정부도 기울이지 않는다. 현재의 진료량은 유지하면서 더 환자를 만족시키라는 채찍질이다.

"환자 진료를 하면서 제일 걱정되는 건 무엇인가요?"

이런 질문을 의사들에게 던지면 그들은 뭐라고 말할까? 환자의 건강과 안녕이 걱정된다는 교과서적인 대답을 하는 의사는 거의 없을 테니 기대하지 마시길. 나를 포함한 대부분은 이렇게 말할 것이다.

"사고 칠까 봐 두려워요."

"정신없이 일하다가 실수할까 봐, 중요한 것을 놓칠까 봐, 그것이 무섭습니다."

그들은 환자의 중요한 위험 신호를 놓칠까 봐 늘 걱정한다. 그러니 의사에게는 중요하지 않은 질문들을 반복하게 되면 어쩔 수 없이 말을 끊고 만다. 한편 수많은 환자를 보느라 엉뚱한 약을, 또는 엉뚱한 용량을 입력하는 사고는 잠시만 정신줄을 놓아도 일어난다. 물론 간호사, 약사가 이중삼중으로 체크하지만 그럼에도 불구하고 구멍이 나면 큰일이다. 외래 진료는 매일의 일이라 어쩌면 관성으로 흘러가지만, 사실상은 매일매일이 외줄타기다.

'노인과 병원의 바다'는 아래와 같은 문장으로 글을 맺는다.

명의들이 모인다는 '큰 병원'은 어쩌다 불평불만의 공간이 됐을까.

몰려드는 환자를 감당할 길은 냉대뿐이었을까. 의술과 인술은 공존할 수 없는가. 최고 인재가 고교부터 '의대 입시 사관학교'로 몰린다는 시대에 진지하게 던져보는 질문이다.

모든 의사가 친절하게 인술을 펼칠 수 있는 것은 아니다. 좋은 의사소통 능력을 지닌 의사도 있고, 소위 '싹수 없는' 의사도 있다. 원래 싹수가 없었는데 교육과 수련을 통해 환자를 대하는 좋은 태도를 지니게 된 의사도 있을 것이다. 그런데 그들을 모두 외줄 위에 세워놓으면 어떤 의사도 친절하게 인술을 펼칠 수는 없을 것이다. 인성을 보고 의사를 뽑아야 한다, 의사도 인문학을 공부해서 인간에 대한 이해를 높여야 한다는 말이 사실 틀린 말은 아니지만 외줄 위의 의사들에게는 한가롭게 들릴 수밖에 없는 이유다. 최고 인재들이 몰리는 의과대학에서 배출된 의사들이 이렇게밖에 못하냐는 말에는, "뭐든지 참고 견뎌오며 꾸역꾸역 하는 데는 이골이 난 '인재'여야만 이런 과로의 외줄타기를 견뎌낼 수 있을지도 모른다"고 말하고 싶다.

의사 1인당 환자 수는
몇 명이 적절할까?

　학부모로서 내 아이의 학급에서 몇 명이 공부하느냐는 중요한 관심사다. 학급당 학생 수가 많으면 학습 환경도 좋지 않을 것이고, 교사가 학생 관리를 원활하게 하기도 어렵다. 2021년 기준 학급당 학생 수는 초등학교가 21명, 중학교가 25명이다.[5] 20~23명인 OECD 평균보다 아직은 높지만 점차 줄어온 결과라고 한다. 물론 1980~1990년대 한 반에 50~60명씩 들어찬 콩

---

5) 　교육부 블로그, 2022년 교육기본통계조사. https://if-blog.tistory.com/13545

나물 교실에서 공부했던 기억을 더듬어보면 엄청난 변화다.

그런데 환자들은 나를 담당하는 의사나 간호사가 몇 명을 진료하는지에는 큰 관심이 없는 것 같다. 물론 학교에서처럼 다른 환자들과 동시에 한 공간에 있는 것도 아니요, 내 몸이 아픈데 남들에게 신경 쓸 여유는 당연히 없을 것이다. 그러니 의사가 서둘러 진료를 마치며 "다른 환자들이 기다리고 있다"고 한다면 야속하게 느껴질 수밖에. 하지만 의사 한 명, 간호사 한 명이 몇 명을 담당하느냐는 교사 한 명이 몇 명의 아이들을 담당하느냐와 마찬가지로 진료의 질을 좌우하는 중요한 요소다. 의료진이 담당하는 환자 수가 과도하게 많으면 환자 1인당 진료 시간은 짧아질 수밖에 없고, 짧은 진료 시간은 불필요한 약제 처방, 항생제 남용, 의사소통의 장애, 그리고 안전사고의 증가와 같은 여러 문제를 낳는다.[6]

학급당 학생 수처럼 의료진 1인당 환자 수가 어느 정도가 적정하냐에 대한 기준은 사실 정해진 바는 없다. 질병의 종류, 중증도, 치료 수준이 상황에 따라 모두 다르기 때문이다. 그러나

---

6) Irving G, Neves AL, Dambha-Miller H, et alInternational variations in primary care physician consultation time: a systematic review of 67 countriesBMJ Open 2017;7:e017902. doi: 10.1136/bmjopen-2017-017902

| OECD 주요국 의사 1인당 연간 진료 환자 수(진찰 횟수)

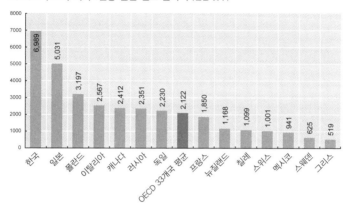

2019년 OECD 통계에 의하면 대략적인 경향을 볼 수 있는데, OECD 평균 의사 1인당 연간 진료 환자 수가 2,122명인 데 비해 우리나라는 6,989명으로 세 배가 넘어 가장 많은 수를 기록했다.[7]

경증 질환을 보는 1차 의료 기관에서는 어떨까? 미국 가정의학 학회지에 제시된 1차 진료 의사 1인당 적정 하루 외래 진료 환자 수는 약 24명이다.[8] 우리나라의 개원의들은 보통 하루에

7) 의사의 진찰시간 현황분석, 의료정책연구소, 2022. 11.
8) Murray M et al, Panel Size: How Many Patients Can One Doctor Manage? Fam Pract Manag, 2007;14(4):44–51

50~100명을 본다. 그 정도를 봐야 비용을 메꿀 만한 수익을 올릴 수 있기 때문이다.

주로 상급 종합병원에서 진료받는 암 환자들의 경우를 보자. 유럽의 종양내과 의사들을 대상으로 한 설문 조사 연구에서는 연간 의뢰받는 환자 수가 동유럽 225명, 서유럽이 175명으로 보고됐다. 논문에서는 동유럽 의사들이 더 많은 환자를 보는 부담을 안아야 하는 현실에 대한 정책적 지원이 필요하다는 결론을 맺고 있었다.[9] 대한민국의 종양내과 의사인 나는 2022년 외래 신환과 초진 기준으로 780명의 환자를 의뢰받았다. 참고로 다른 의사들은 900명이 넘는 사람도 있었고, 가장 적은 경우도 300명이 넘었다.

미국의 입원 전담 전문의들을 대상으로 한 설문 조사 연구에 의하면 당직 근무 시에 담당하는 적정한 입원 환자 수는 15명 정도라고 한다.[10] 내가 근무하는 병원의 내과 전공의가 당직 때 담당하는 환자 수는 보통 100명이 넘는다. 인력이 더 부족한 다른

---

9) Seruga B, Sullivan R, Fundytus A, Hopman WM, Ocana A, Joffe J, Bodoky G, Le Tourneau C, Vanderpuye V, Lopes G, Hammad N, Sengar M, Brundage MD, Booth CM. Medical Oncology Workload in Europe: One Continent, Several Worlds. Clin Oncol (R Coll Radiol). 2020 Jan;32(1):e19−e26. doi: 10.1016/j.clon.2019.06.017. Epub 2019 Jul 16. PMID: 31324474.

병원의 경우는 200명이 넘는 경우도 허다하다.

간호사의 경우 대다수의 선진국은 1인당 담당 입원 환자 수가 5명 내외다. 그러나 우리나라의 간호사 1인당 담당 환자 수는 15~20명 정도로 선진국의 세 배에 이른다.[11] 2021년 간호사 1인당 환자 수를 법제화하는 것을 골자로 한 '간호인력인권법안'이 국민청원 게시판을 통해 10만 명 동의를 달성했지만, 간호법을 둘러싼 논란 속에 그 취지가 가려지며 국회보건복지위의 문턱을 넘지 못했다.[12]

솔직히 늘 사고가 나지 않을까, 하는 불안감으로 사선을 넘나드는 일상이라고 해도 과언이 아니다. 학교는 콩나물 교실을 벗어났는데 병원은 아직도 콩나물 병원인 셈이다. 그럼에도 불구하고 병원들은 '환자 유치'에 늘 적극적이다. 환자를 많이 봐야 병원의 경영이 유지되는 의료수가 구조 때문에 벌어지는 일이다. 물론 의사는 전문직이므로 노골적인 실적 강요를 받는 일은

---

10) Michtalik HJ, Yeh H, Pronovost PJ, Brotman DJ. Impact of Attending Physician Workload on Patient Care: A Survey of Hospitalists. JAMA Intern Med. 2013;173(5):375–377. doi:10.1001/jamainternmed.2013.1864

11) "간호사 1인당 환자수를 줄였더니 더 많은 죽음을 막았다", 《라포르시안》 2019. 6. 13. https://www.rapportian.com/news/articleView.html?idxno=118043

12) 김수련, "간호법에 가려진 '간호사당 환자 수 법제화'… 진짜 싸움 남아 있어요", 《주간경향》 2023. 5. 8. https://www.khan.co.kr/national/labor/article/202305080830001

드물지만, 어느 병원이든 환자를 많이 보도록 의료진에게 은근한 압박을 가하는 일은 드물지 않다. 이것은 민간 병원뿐 아니라 국립병원도 마찬가지다. 나는 국립병원에서도 근무했었는데, 그곳에서도 환자를 더 많이 보라는 압박은 사립 병원과 다르지 않았다. 진료 실적을 진료과끼리 비교해 의료진에게 압박을 주고, 많은 환자를 진료할수록 인센티브를 주는 방식은 공공과 민간을 가리지 않고 대한민국의 병원에서는 모두 비슷하게 일어난다. 만약 학교에서 교사들에게 학급에 더 많은 학생들을 받도록 독려하고 그만큼 성과급을 주겠다고 한다면, 그리고 교육부가 이를 방관하고 있다면 어떨까? 교사들은 물론 학부모들도 가만히 있지 않을 것이다. 그런데 의료에서 그런 일이 일어나고 있는 것은 불행한 일이다.

2020년의 의료 파업으로 인해 의사 수가 어느 정도가 적정한가에 대한 논쟁이 매우 치열했지만, 아직 합의나 결론에는 이르지 못했다. 의사의 수가 아니라 분포가 문제라는 의사 측의 주장이 있고, 어쨌든 수를 늘려야 분포도 나아질 것이라는 대다수 시민들의 생각과 정치인들의 논리가 있다.

어쩌면 적절한 학급당 학생 수처럼, 의사 수가 아니라 환자의 수부터 출발하는 것이 인식의 차를 좁혀가는 길이 아닐까 생각해본다. 최소한의 진료의 질과 안전을 확보하기 위해 의사 한

명, 간호사 한 명당 담당하는 환자의 수는 몇 명이 되어야 할까? 적절한 질의 진료를 보장하기 위해 병원은 의료진을 얼마나 더 많이 고용해야 할까? 고용에 드는 비용은 누가 어떻게 감당해야 할까? 모두 어려운 질문들이지만 함께 답을 찾아나가는 것이 환자와 의료인 모두 불만이 가득한 우리의 의료 제도를 좀 더 나은 방향으로 만들어가는 길이지 않을까.

암 진료에도
코디네이터가 필요하다

외래 예습을 하다 보면 전화나 메신저, 메일에 손이 가게 되는 일이 종종 있다. 복잡다단한 암 환자의 문제를 나 혼자 해결할 수는 없기 때문이다. 이곳저곳에 도움을 청해서 확인하는 것이 종양내과 의사가 미리 해두어야 하는 일들 중 하나다.

영상의학과 의사와의 카톡 : 선생님 xxx 환자 CT에서 전에 잘 안 보이던 새로운 폐 결절이 보이는데 이게 전이가 된 걸까요, 아니면 염증 가능성이 더 클까요? 조직검사를 하기에 위험이 크지는 않은 부위일까요?

소화기내과 의사에게 메일 : 선생님 ○○○ 환자가 이전부터 종양으로 인한 부분적 장 폐쇄로 인해 변비를 호소하고 있던 분인데 이번 CT에서 보니 조금 더 심해진 것 같습니다. 혹시 스텐트를 하기에 어려운 부위는 아닐지요? 혹시 괜찮으시면 내일 선생님 외래로 보내드려도 될까요?

병리과 의사에게 전화 : 선생님, △△△ 환자의 조직검사가 선암으로 나왔는데 원발부위가 어딘지가 좀 모호해서요. 판독에서도 대장암보다는 위암이나 담도암 가능성을 제시하셨는데 세포 모양이 어떤가요? 혹시 유전자 검사나 면역조직 화학염색 검사를 추가하면 감별에 도움이 좀 될런지요?

방사선종양학과 의사에게 메일 : 선생님, □□□ 환자가 간 전이가 의심스러운 병변이 새로 생겼는데 이전에 이미 간 수술을 했던 분이어서 다시 하기가 부담스러운 상황이에요. 이 부분이 정위방사선치료를 해볼 수 있는 부위일까요?

외과 의사에게 카톡 : 선생님, ◇◇◇ 환자의 이전 수술 부위 가까운 곳에 재발이 의심되는 부분이 보여서요. 워낙 주변 조직 침윤이 심했던 분이라 재발이 맞을 것 같습니다. 혹시 이

부분을 추가로 절제할 수 있을까요? 수술이 어렵다면 항암 치료를 좀 더 하고 이후에 추적관찰해서 다시 결정하는 것도 고려할 수 있을 것 같아요.

여기저기 연락하다 보면 왠지 쑥스럽기도 하고 민망하기도 하다. 병원이 크다 보니 얼굴을 모르는 선생님께 연락해야 하는 경우도 종종 있다. 이럴 줄 알았으면 여러 과의 선생님들과 평소에 친하게 지내놓을 걸 하는 후회가 들기도 한다. MBTI 'I'에 해당하는 나의 내향적인 성격이 내과 의사의 일에 그럭저럭 잘 맞는다고 생각하고 있었는데, 이렇게 여러 사람에게 연락을 돌리다 보면 동네 마당발이 되어야 하는 건 아닌지 걱정된다.

그래도 요즘은 카톡, 원내 메신저, 이메일 등 여러 연락 수단이 있어서 내향인인 나에게는 다행한 일이긴 하다. 옛날 같으면 일일이 전화를 돌리고 앉아 있어야 하지 않았겠나. 굳이 대면하지 않고 메시지를 보내도 대부분의 선생님들이 잘 응답해주신다는 점도 다행이다.

의료 영역에서 최근 등장한 '케어 코디네이션'이라는 개념이 있다. 당뇨, 신부전 등 만성질환 환자들이 잦은 입퇴원으로 많은 의료비를 지출함에도 불구하고 제대로 관리를 받지 못하는 현실을 타개하고자 등장한 새로운 업무 영역이다. 이미 미국이나 유럽 등에서는 정착되어 있고 우리나라에서도 만성질환 관리 시범 사업을 하며 등장했다. 케어 코디네이터 역할을 하는 간호사는 환자가 약을 제대로 먹는지, 혈당과 혈압이 잘 관리되고 있는지 모니터링하고 상담을 하게 된다. 국내에서는 의사와 환자 간의 가교 역할이 중심이지만, 외국에서는 케어 코디네이터가 응급실과 입원 상황에도 개입해서 진료의 연속성이 유지되도록 돕기도 한다.

그러나 케어 코디네이션은 때로는 간호사나 다른 직종이 아니라 의사들끼리 해야 하는 경우도 생긴다. 특히 암 환자같이 복잡하고 특수한 상황이 자주 발생하는 경우는 직접 치료 결정을 하는 의사들끼리 소통하지 않으면 시간도 오래 걸리고 불필요한 오해가 발생하는 경우도 있다. 한 내과 의사는 2014년《뉴잉글랜드저널오브메디신The New England Journal of Medicine》에 게재한 칼럼에서 환자 한 명이 원활하게 진료받기 위해 본인이 수많은 연락을 담당했던 경험을 케어 코디네이션의 예로 제시하기도 했는데, 연락의 횟수와 방법이 시간 순서대로 나타나도록 애니메이션으로 만들어서 저널 홈페이지에 게시했던 것이 인상적이었다. 그가 정기적으로 진료하던 환자가 신장결석 및 담도암을 진단받아 수술을 받기까지 외과, 종양내과, 심장내과, 비뇨기과, 소화기내과, 병리과 의사 및 영상의학과 및 사회복지사에 이르기까지 11개 분야 전문가와 32번의 이메일과 8번의 전화, 12번의 환자 면담을 시행했다는 것이다. 그는 이러한 과정이 복잡한 진료를 보다 안전하고 효율적으로 진행될 수 있게 해주는, 럭비에서라면 '쿼터백'의 역할이라고 표현한다. 럭비에 대해 잘 모르긴 하지만, 쿼터백은 팀의 공격을 진두지휘하는 역할이라고 하니 대략 감은 오는 것 같다.

요즘은 이런 암 환자의 케어 코디네이션을 '다학제 진료'라는 제도를 통해 진행하기도 한다. 2014년 처음 도입된 이후 이미 많은 대학병원에서 활용하는 이 진료에서는 3~5개 진료과의 의사들이 한자리에 모여 한 환자의 치료 방향을 논의한다. 위에서 내가 던진 질문같이 각 전문가의 자문이 필요한 문제를 함께 모여서 나누고 가장 적절한 치료 방향을 찾아나가는 것이 다학제 진료의 목표다. 이젠 치료 방향에 대해 고민되는 환자가 있으면 다학제 진료를 보도록 일정을 잡아주면 되니까 많이 편해졌다. 다학제 진료로 인해 미리 다른 과 의사에게 연락을 하거나 여러 과 진료를 일일이 보도록 일을 복잡하게 만드는 일이 많은 부분 줄어들었다. 그러면 다학제 진료는 3분 진료의 폐해를 보완할 수 있는 좋은 대안이 될까?

적어도 일부는 그렇다. 여러 진료과의 의사들을 한꺼번에 만

나서 궁금한 점에 대해 한 번에 물어볼 수 있다는 장점도 있고, 10~20분 정도로 일반 진료보다는 좀 더 면담 시간이 길어서 대체로 이 진료를 경험한 환자들은 만족을 표시했다.[13] 의사의 입장에서도 다른 과 의사들과 만나서 진료하는 경험은 자신을 성장시킨다는 느낌을 갖게 해준다. 자신의 전공 범위 내에서의 틀에 박힌 생각을 벗어나 더 다양하고 많은 치료의 가능성에 대해 생각할 수 있기 때문이다. 대부분의 의사들이 시간을 따로 내어야 하는 다학제 진료에 대해 부담스럽게 느끼면서도, 그만큼 보람과 효능감을 얻기 때문에 이 진료 형태가 지속되고 있는 것인지도 모른다.

그러나 한편으로는 다학제 진료가 온전히 환자 중심의 진료일까 의구심이 들 때도 종종 있다. 환자들이 여러 명의 의사를 한꺼번에 만나 오히려 위축되는 듯한 모습을 보게 될 때면 더욱 그렇다. 많은 경우 시간을 아끼기 위해 의료진이 먼저 상의하고 결론을 내린 다음 환자가 들어오면 통보하는 방식으로 진행을 해서 환자에겐 3분 진료와 다름없이 느껴지기도 할 것이다. 중요한 건 환자의 입장에서 치료의 목표와 방향을 잡는 '쿼터백'

---

13) "암 환자 다학제 진료 3년 했더니…만족도 '80점'"《의협신문》2017. 5. https://www.doctorsnews.co.kr/news/articleView.html?idxno=116933

또는 '코디'의 역할을 결국 누군가는 해야 하고, 그 역할을 여러 과 의사가 공평하게 나눠가질 수는 없다는 것이다. 환자와 오랜 기간 만나왔고, 그의 문제를 가장 잘 알고, 그의 성격과 가치관에 대해서도 파악하고 있는 누군가가 키를 잡고 결정을 돕는 역할을 해야 한다. 진료 전달 체계가 잘 자리 잡고 있다면 1차 진료 의사 또는 주치의가 그 역할을 하겠지만, 그렇지 못한 우리나라에서 적어도 항암 치료를 받고 있는 암 환자의 주치의는 종양내과 의사가 될 수밖에 없다. 그래서 오늘도 외래 예습을 하는 동안 내 앞의 듀얼모니터에는 여러 개의 메일, 메신저, 카톡 창이 우후죽순 솟아나 있다.

상담이 길어져야
의료의 가성비를 높일 수 있다

한국의 의료는 누가 뭐래도 최고의 가성비 의료다. 1인당 의료비는 미국의 30퍼센트, 독일의 50퍼센트, 영국의 70퍼센트밖에 안 쓰면서 기대수명은 매우 긴 장수 국가에 속한다. 암 사망률, 심장질환 사망률, 영아 사망률은 OECD 국가 중에서도 거의 최저 수준이다. 코로나 사망률 역시 세계 최저였고, 암, 심장병, 장기이식 등 상당수의 질병 치료 수준은 세계 어느 곳에 내놓아도 뒤지지 않는다.[14]

---

14) OECD Health Statistics 2021 요약본 소책자, 보건복지부, 한국보건사회연구원.

그러나 그 '가성비'의 신화도 더 이상 유지되기는 어려워 보인다. 고령화와 함께 국가 전체의 의료비 지출이 가파르게 증가하고 있다. 2015년 58조 원이던 건강보험 진료비는 2021년 94조로 늘었지만, 그동안 인구수는 5,100만 명으로 늘지도 줄지도 않았다. 이 중 65세 이상에게 사용된 의료비가 21조에서 40조로 늘었으니 고령화의 충격이 이토록 엄청난 의료비 지출로 다가오고 있는 것이다.[15]

지금 이 글을 쓰고 있는 2023년 초는 이미 많은 의료 서비스에 대한 건강보험급여가 축소될 것이라는 흉흉한 소문이 돌고 있다.[16] '문재인 케어'로 MRI, 초음파 등에 대한 급여가 확대되면서 보험재정 누수가 심해졌다는 것이 그 이유다. 사실 나는 고가의 검사에 대한 급여 확대에 그리 긍정적인 입장은 아니었지만, 그렇다고 전 정권의 급여 확대 정책을 탓하며 갑자기 돈줄을 조이는 것도 당황스럽긴 마찬가지다. 아무튼 중요한 건, 정치권의 이해관계에 따라 건강보험 재정의 돈줄을 쥐락펴락하는 게 의

15) "건강보험 총 진료비 90조 원 돌파… 빅5 급여비는 4.5조 원 넘어", 《메디게이트 뉴스》 2022. 3. 30 https://m.medigatenews.com/news/267450411
16) "MRI · 초음파 건강보험 축소… 환자 본인부담률 최대 90%까지", 《한겨레》 2023. 3. 1. https://www.hani.co.kr/arti/society/health/1081652.html

료비 고갈이라는 대세를 그리 바꾸는 건 아니라는 것이다. 노인 인구가 늘어감에 따라 의료비 증가 추세는 피할 수가 없고, 반면 젊은이들의 비중이 줄어 일해서 건보료를 내는 사람들도 줄어들 것이니, 뭔가 더욱 비용효과적인 대책이 필요한 건 분명하다. 그런데 이미 선진국에 비해 적은 의료 인력으로 많은 환자를 보며 버텨온 나라에서 뭘 어떻게 더 해서 비용을 줄인단 말인가?

미국은 잘 알려졌듯 천문학적 의료비 문제로 몸살을 앓고 있는 나라이기에 의료비 절감이 늘 학문적·정책적 관심과 과제가 되는 나라다. 그러나 이런 곳에서 우리나라 같은 박리다매 의료를 도입해서 의료비 절감을 꾀할 리는 없다. 하루에 환자 100명을 보는 모험과 과로를 견딜 의사가 그곳에 있을 리 만무하지 않은가. 대부분의 선진국에서는 진료의 질을 희생해 비용을 절감한다는 것은 상상하기 어렵다.

이 와중에 "의사가 상담을 더 오래 해야 의료의 가성비를 높일 수 있다"고 주장하는 한 칼럼을 권위 있는 의학학술지인《뉴잉글랜드저널오브메디신》에서 읽게 되었다.[17] "Adding Values

---

17) Kaplan et al, Adding Value by Talking More, N Engl J Med 2016; 375:1918-1920
https://www.nejm.org/doi/full/10.1056/NEJMp1607079

by Talking More"라는 제목의 이 칼럼에서는 의사가 환자와 충분히 상담함으로써 불필요한 의료 비용을 더 많이 줄일 수 있다고 주장하고 있는데, 정말 그럴까.

이 글의 저자들은 만성콩팥병 환자에게서 투석 준비에 대한 예를 들어 설명한다. 만성콩팥병은 신체의 노폐물을 걸러주는 콩팥의 기능이 서서히 줄어드는 병이다. 결국은 콩팥 기능을 인공적으로 대체하는 수단이 필요한데 이를 투석이라고 한다. 투석에는 혈액투석과 복막투석이 있다. 투석을 언제 어떤 방법으로 시작할지 상담하고 계획을 세워서 차근차근 진행하는 것과 아닌 것. 어떤 차이가 있을까?

미리 상의를 해서 혈액 투석을 위한 동정맥루 수술을 해놓으면, 필요할 때 투석을 바로 진행할 수 있다(동정맥루 수술은 자신의 팔에 동맥과 정맥을 이어서 혈액투석 기계를 연결할 수 있는 통로를 마련해놓는 것이다. 다만 수술을 한 혈관이 아물어야 하므로 수술 후 몇 개월이 지나야 투석에 사용할 수 있다. 즉 응급 투석 목적으로는 사용할 수 없다). 그러나 미리 계획을 세워놓지 않으면 콩팥 기능이 더 이상 투석 없이 유지될 수 없을 때가 되어서야 투석을 고려하게 되고, 결국 응급으로 투석을 하느라 카테터 시술을 해야 하며, 카테터 삽입과 관리, 합병증 치료 등에 들어가는 여러 비용이 더 들게 된다는 것이다. 글쓴이는 미리 충분한 상담을 하는 데 들이는 200달러 정도의 비용으로 응급 투석을 하며 추가되는 2만 달러가량의 비용을 줄일 수 있다고 말한다.

우리 현실을 보면 크게 다르지 않다. 투석을 하는 만성콩팥병 환자 중 50퍼센트는 응급으로 투석을 시작하게 된다. 신장내과 의사들이 만성콩팥병 환자에게 "투석을 할 때가 되었다"고 알리면 대부분의 환자들이 놀라며 잘 받아들이지 못하고, 이해하려고 하지 않는다고 한다.[18] 차분히 상황을 받아들이고 준비를 시키려면 충분한 시간에 걸친 상담을 지속적으로 해야 하지만, 짧은 진료 시간에 "투석을 해야 한다"는 말은 환자들에게 일방적인 통보로 다가올 수밖에 없다. 건강보험에서는 투석에 대한 환자 교육을 하도록 지원하고 있지만, 실제 이 교육을 받고 투석을 시작하는 환자들은 전체 투석 환자 중 24퍼센트에 불과하다. 그나마도 그 교육의 기회나 질이 충분하지 못하다는 것도 문제다. "몸 상태가 좋지 않은 상황에서 80분 동안 증상, 합병증, 영양 교육까지 받고 투석을 결정해야 한다. 너무 많은 내용을 벼락치기로 주입하다 보니 환자가 그 내용을 잘 이해하지 못한다." 이러

---

18) "투석 방법을 환자가 결정할 수 있는 환경이 필요하다", 《청년의사》 2019. 5. 31 http://www.docdocdoc.co.kr/news/articleView.html?idxno=1068876

니 차일피일 투석을 미루다가 응급 투석을 하게 되는 경우가 여전히 많을 수밖에 없는 것이다.

"환자 상담을 강화하면 89억 원 정도의 응급 투석 비용을 28억 원의 상담으로 막을 수 있다"는 보고도 있었지만, 여전히 건강보험공단은 "상담이 비용효과적인지 의문"이라며 미진한 반응을 보이고 있다. 아직까지 투석 교육 상담은 환자 1인당 평생 한 번만 제공되며 영양사, 교육 전담 간호사를 둔 큰 병원에서만 가능하다. 그나마도 상담수가는 2~3만 원 정도이니, 앞서 언급한 《뉴잉글랜드저널오브메디신》 칼럼에서 "의료진이 투석에 대해 교육하는 데 200달러(약 26만 원)면 된다"고 말한 게 무색할 지경이다.[19] 수가가 이렇게 저렴하니 큰 병원 아니면 인건비 부담 때문에 할 수조차 없다.

암 진료에서도 환자 상담이 오히려 가성비가 좋은 서비스를 제공하는 길이라는 것이 알려져 있다. 한 연구에서는 미국 서부의 의료 기관 중 진료비를 적게 쓰고도 고품질의 의료 서비스를 제공한 기관(논문에서는 high-value care라고 통칭한다)과 그렇지 않은 기관을 방문해 의료진들을 심층 인터뷰하고 진료 패턴을 분석

---

19) "만성콩팥병 환자 투석 결정 교육상담수가 부족" 《메디포뉴스》, 2019. 8. 24

했다. 그 결과 치료의 한계와 결과에 대해 치료 초기에 환자와 충분히 상의하는 것이 가성비 좋은 의료 기관의 공통적인 특징이었다.[20] 환자 한 명당 시간을 많이 쓰면 오히려 의료 서비스의 효율이 떨어질 텐데 왜 그게 가성비를 높이게 되는 것일까?

논문에 의하면 환자와의 상담을 통해 소위 과잉 진료, 즉 불필요한 검사나 치료를 줄일 수 있어서 전체 치료 비용을 줄일 수 있었다고 한다. 치료 계획에 영향을 주지 않는 검사라면 굳이 시행하지 않고, 검사에서 나오는 이상 소견들을 확인하기 위해 일일이 추가 검사를 내는 식의 진료를 하지 않았다는 얘기다. 실제 암 치료에서는 수많은 영상 검사와 혈액 검사를 시행하게 되는데, 이런 검사 결과와 그 의미를 환자에게 제대로 설명하는 경우는 드물고, 검사가 또 다른 검사로 이어지는 경우가 많다.

사실 의사에게 '검사를 하지 않는 것'은 '하는 것'보다 어려운 일이다. 검사를 추가로 하려면 "이러한 이상 소견이 나왔다"고 말하고 그냥 진행하면 되지만, 굳이 하지 않으려면 왜 하지 않는지, 검사의 이득과 손해를 견주어 환자에게 더 오래 설명해

---

20) Blayney DW, Simon MK, Podtschaske B, et al. Critical Lessons From High-Value Oncology Practices. JAMA Oncol. 2018;4(2):164-171. doi:10.1001/jamaon-col.2017.3803 https://jamanetwork.com/journals/jamaoncology/fullarticle/2663285

야 하기 때문이다. 이러한 설명 없이 검사를 건너 뛰었다가 나중에 환자가 이상 소견을 알게 된다면, 자칫 이상 소견을 알고도 무시했거나 제대로 파악하지 못해서 그런 것이라 생각할 수도 있지 않겠는가.

그러나 현실에서는 이런 설명을 할 시간이 부족하므로 속전속결로 꼬리에 꼬리를 무는 검사가 진행되는 것이 보통이다. 예를 들어 대장암 진단 후 찍은 PET-CT에서 우연히 발견된 갑상선암 의심 소견으로 추가적인 갑상선 조직검사를 받는다. 갑상선암이 나왔지만 대장암에 대한 수술과 항암 치료를 받느라 갑상선암 수술은 보류한다. 이후 갑상선암 경과 관찰을 위해 수차례 초음파 검사를 받는다. 애초에 PET-CT를 찍지 않았다면 평생 모르고 지냈을지도 모르는 갑상선암[21] 때문에 병원에 더 자주 오고 검사를 더 자주 해야 하는 것이다.

치료 역시 충분한 상담 없이 속전속결로 결정하게 되면 거품이 많이 끼게 된다. 대개 전이암, 진행암의 경우 항암 치료는 암

[21) 갑상선암 중 일부는 분명 증상을 일으키고 사망의 원인이 되지만, 상당수의 갑상선암은 잠복된 상태로 평생 증상을 일으키지 않는다고 알려져 있다. 부검하는 시신 중 약 4~11 퍼센트에서는 진단되지 않았던 갑상선암이 발견된다. 그러나 갑상선암이 일단 진단이 되면 향후 재발·전이를 일으킬지, 아니면 평생 잠복된 상태로 괜찮을지 불확실하기 때문에 결국 최악의 경우를 상정하여 수술을 하거나 검사를 지속할 수밖에 없는 것이다.

의 크기를 줄여 증상을 완화하고 생존 기간을 연장하는 것이 목표이나, 이것을 많은 환자들은 완치의 개념으로 잘못 이해하고 있거나 '그래도 혹시나' 하는 비현실적인 기대를 떨치지 못하는 경우가 많다. 치료의 목표에 대해 의료진과 환자가 일종의 '합의'를 이루려면 환자가 궁금한 점에 대해 묻고 답하는 지난한 대화가 필요하지만, 대개 바쁜 진료실에서 이 과정은 생략되고 만다. 그 결과 환자는 치료의 효과와 한계에 대해 충분히 이해하지 못한 채 막연히 필요한 것이겠거니 생각하며 받아들이게 되고, 의사는 환자가 무엇을 원하고 무엇을 두려워하는지를 묻지 않은 채 막연히 지속적인 치료를 원할 것이라는 가정하에 관성적으로 항암제를 처방한다. 그러나 나는 치료에 드는 비용, 치료로 인한 합병증 관리에 드는 비용, 치료의 효과와 부작용을 판단하는 데 필요한 추가적인 검사에 드는 비용 등을 합친다면 의사와의 상담 시간을 늘리는 데 비용을 투자하는 것이 훨씬 경제적일 것이라 생각한다. 아니, 비용보다도, 대화의 부족으로 인해 유발되는 과잉 진료로 인해 환자의 신체적 정신적 건강이 위기에 처하고 그의 소망과 기대가 충족되지 못한다면, 그것은 의료의 실패라고 할 수밖에 없지 않을까.

환자들의 말을 충분히 듣고 답하며 어떤 검사와 치료가 적합할지, 그것으로 어떤 효과를 기대할 수 있을지에 대해 대화하는 과정은 우리 진료 과정에는 도저히 끼워 맞출 수 없는 이상에 불과한 것처럼 느껴진다. 대화에는 시간이 들고, 의료진의 시간은 곧 돈이기 때문에 더 많은 의료인을 고용하는 인건비 부담으로 돌아오거나, 제한된 환자만을 진료할 수 있어 병원 입장에서는 매출 감소로 이어질 테니 말이다. 그러나 그것이 실제로는 환자들의 건강 수준을 개선하거나 불필요한 의료 이용을 줄여 국가 전체의 의료비를 줄이는 방향으로 나타난다면, 이 대화에는 충분히 투자할 수 있지 않은가? 무엇보다 최고 가성비를 자랑하는 K의료의 컨베이어벨트 위에 놓여 있지만 여전히 불안하고 혼란스러워하는 환자들의 말을 제대로 경청하기 위해서라도 의료인의 시간에 좀 더 많은 가치를 부여할 필요가 있다.

3분 진료 공장에서의 셀프 인터뷰

안녕하세요. 본인과 하는 일에 대한 소개 좀 부탁드려요.

저는 종합병원의 종양내과에서 일하는 40대 의사입니다. 주로 암 환자들을 진료하죠. 각종 검사를 통해 암을 진단하거나, 암에 대해 항암제를 처방해서 치료하기도 하고요. 더 이상 항암 치료를 하기 어려운 분들에게는 증상 조절을 돕기 위한 돌봄과 상담을 제공합니다.

본인이 일하는 곳을 '공장'으로 묘사하셨어요. 왜 그런가요?

3분 진료라는 서비스 제품을 쉴 새 없이 생산해낸다는 의미에서 이름을 공장이라고 지어봤어요. 가끔은 정말 컨베이어벨트 앞에서 똑같은 작업을 반복하는 단순 노동자가 된 듯한 느낌이 들 때가 있거든요.

그렇게 생각하셨다니 놀라운데요? 사람을 대상으로 하는 진료가 어떻게 다 똑같을 수가 있죠?

기본적으로는 그렇죠. 같은 질병이어도 사람마다 나이도 몸 상태도 각종 사회·경제적 조건도 다르니까요. 그런데 한편으로는 그런 여러 가지 조건을 고려한다고 해도 선택지가 무한히 많지는 않아요. 예를 들어볼까요? 만약 4기 위암 환자가 종양내과에 오면 선택할 수 있는 치료는 일단 크게 두 가지예요. 항암 치료를 할 것인지, 안 할 것인지. 체력상 항암 치료를 견디기 어렵다면 증상에 대한 완화 치료만 하겠고, 견딜 수 있을 정도라면 그다음은 여러 가지 항암제 중에 어떤 조합을 선택하느냐의 판단이 남아 있겠죠. 물론 여기에도 여러 가지 조합이 있고, 환자의 상황에 따라 달리 선택하겠지만 대체로 의사에 따라 판단이 많이 다르지는 않습니다. 가장 잘 듣는 약제들은 대개 정해져 있으니까요.

암뿐만 아니라 대부분의 질병은 표준화된 진료 지침이라는 게 있어요. 많은 연구와 토론을 통해 정해진 최선의 진료 방향인 거죠. 치료는 그 안에서 대부분 결정됩니다. 또한 제가 근무하는 병원처럼 큰 병원에서는 위암을 보는 의사는 위암만 보고, 폐암을 보는 의사는 폐암만 봅니다. 저만 해도 진료하는 환자의 80퍼센트 이상은 대장암 환자니까요. 그러다 보니 늘 같은 일을 반복하는 것 같은 느낌이 드는 것은 어쩔 수가 없네요.

아무리 그래도 공장이라는 비유가 너무 삭막하다고 느껴져요.

(뜨끔) 그런가요? 사실 제가 주로 하는 일은 항암제를 처방하기 전 환자의 전신 상태와 혈액 검사 결과, 얼굴 표정 등을 종합해 주사를 투여할지 연기할지, 어떤 용량으로 줄지를 판단하고, 또한 수백 장에 이르는 CT, MRI 검사를 보고 약을 바꿀지 말지를 결정하는 일들이라 사실 몇 년의 공부와 경험, 그리고 수시로 바뀌는 항암제 개발과 임상 시험에 대한 지식 없이는 하기 어려운 일들이에요. 그러나 이런 일들이 반복되다 보니 좀 단조롭게 느껴지는 것도 사실이죠. 하지만 반복 작업도 나름의 재주와 노하우가 필요합니다. 저는 반복 작업에서 얻는 성취와 탁월함

을 높이 평가합니다. 다만 그 일만이 반복될 때 사람은 쉽게 지치고 관성에 빠지기 쉽다는 게 문제인 거죠.

그런 '반복 작업(진료)'에서 오는 긍정적 측면은 없을까요?

당연히 있죠. '공장화'가 무조건 나쁜 것이라고는 생각하지 않아요. 오히려 긍정적인 면을 평가해야 한다고 생각해요. 또한 아시다시피 수공예품이 항상 공산품보다 좋은 건 아니에요. 자동차나 컴퓨터 같은 걸 수제로 만들어낼 순 없는 거잖아요? 만들어낸다고 해도 대단히 효율이 떨어지고, 정확성 역시 기계로 만든 것보다 못하겠죠. 암 환자만 주로 보는 저는 당뇨나 고혈압을 치료하는 일반적인 내과 의사의 역할에서는 매우 멀어져버렸지만, 항암제 처방은 누구보다 정확하고 적절하게 잘할 수 있는 고도화된 역할을 하고 있고 그것이 '공장화'의 장점이라고 생각합니다. 다만 제가 강조하고 싶은 건, 그 긍정적인 면이 이제는 한계에 봉착했고 변화가 필요하다는 것이죠. 결국 의료의 질을 상향 평준화하려는 의학 연구의 성과, 그리고 의료의 전문화, 분업화가 고도로 진행된 결과 아이러니하게도 병원은 공장 같은 공간에 가까워지지 않았나 생각합니다.

이야기를 듣다 보니 '공장' 비유가 3분 진료의 한계나 문제점을 말하기 위한 어쩔 수 없는 '선택'이었다는 걸 알겠어요. 이제 조금 오해가 풀리는 거 같은데요. (웃음)

그럼 정말 다행이에요. 3분 진료를 공장에 비유하기는 했지만, 사실 진료라는 게 규격화된 진료 지침만 외워서 되는 건 아니에요. 그게 나온 의학적 배경 지식과 과정에 대해서도 알아야 여러 유동적 상황에 따라 변형해서 적용할 수 있거든요. 또한 그 진료 지침이라는 게 영구적인 게 아니고 계속 바뀌는 거라 매년 업데이트된 사항에 대해서도 알아야 하고, 왜 바뀌게 되었는지 이해하려면 늘 공부를 해야죠.

아, 그리고 공장이라고 표현한 데는 또 다른 이유가 있는데요, 말씀드렸다시피 종합병원에서의 진료는 굉장히 분업화되어 있어요. 만약 대장암 환자가 항암 치료를 받는다고 가정해볼게요. 당뇨, 고혈압뿐만 아니라 치료의 합병증으로서의 감염, 폐렴 등도 있을 수 있는데요. 이걸 일반외과, 종양내과, 내분비내과, 심장내과, 감염내과, 호흡기내과가 각각 다 나눠서 진료하죠. 공장의 라인처럼 계속 쉴 새 없이 돌아갑니다. 한 파트는 한 사람의 의사가 결정한 대로 검사와 치료가 진행되지만, 다른 치료가 필요한 환자는 그것을 담당하는 파트로 보내집니다. 각

파트에서는 그 질환만 보는 전문가가 진료하므로 가장 최신의 좋은 치료가 제공될 겁니다. 만약 여러 파트가 연결된 조립 라인이 언제나 무리 없이 이어진다면 진료의 질은 아마 최상이 되겠죠. 공장장에 해당하는 병원장, 또는 그를 위시한 고위 행정 조직은 이러한 조립 라인을 효율적으로 구성할 수 있도록 힘을 기울입니다. 예를 들어 수술한 환자가 어느 정도 회복되면 종양내과 진료를 보고 항암 치료를 시작할 수 있도록, 그러다가 혈당이 올라가면 내분비내과로 바로 보내질 수 있도록 진료 절차를 마련하는 거죠. 그러나 그건 어디까지나 행정적인 절차이지 한 사람의 환자에 대한 조율이라고 보기는 어렵습니다. 그래서 소위 '환자가 산으로 가는' 사태도 간혹 벌어지지요.

안타깝네요. 큰 병원의 전문적이고 분업화된 시스템의 한계로 보이기도 하고요. 사실 큰 병원에 가면 여러 진료과를 보게 되는데, 서로 의사소통이 잘 안 되는 듯한 느낌을 받을 때가 종종 있어요.

네, 거기에는 여러 가지 이유가 있겠죠. 의사소통의 문제, 병원 내 직장 문화의 문제, 협진 시스템의 문제······. 하지만 가장 큰 이유는 아무래도 너무 바쁘다는 거죠. 환자 한 명당 진료는

3분가량인데 내가 해결해야 할 문제를 파악하고 치료 계획을 세우는 데만 해도 너무 빠듯해요. 다른 과 진료가 어떻게 진행되고 있는지는 챙겨보기가 정말 어렵습니다.

결국 3분 진료로 돌아왔네요. 근데 대체 왜 그렇게밖에 진료할 수 없는 걸까요? 환자도 의사도 다 만족하지 못하는데 말이에요.

어쩌면 구태의연한 답변일 수밖에 없는데요. 기본적으로는 너무 저렴한 의료수가가 근본 원인이라고 말씀드릴 수밖에 없긴 해요. 한편으론 제대로 보는 것 대신 단편적으로 환자를 여러 번 보게 만드는 행위별 수가제의 문제일 수도 있고요. 사실 우리 의료 제도하에서는 그저 현상 유지를 위한 수준의 매출을 위해서라도 3분 진료는 피할 수 없는 현실이에요.

2011년 기준으로 의원급 초진료가 우리나라는 약 1만 원, 일본은 3만 원, 미국은 4만~20만 원 선이었다고 해요. 우리나라는 2023년 현재 1만 7,000원 수준이에요. 하지만 다른 나라에서도 더 올랐겠죠. 제가 미국에서 연수할 때 다리를 다쳐서 동네 의원에서 의사도 아닌 의사 보조 인력physician assistant의 진료를 보는 데 낸 돈이 120달러 정도, 즉 약 15만 원 정도였답니다.

뭐 굳이 미국 진료비가 비싼 건 말씀 안 드려도 아시겠지만…….

돈 문제일까요? 어쩔 수 없다는 말씀으로 들리는데요.

대부분 종합병원에선 하루 3~4시간의 한 세션에 외래 진료 기준 30~70명의 환자를 진료하는 게 보통이에요. 좀 바쁜 개원가 역시 그 정도 진료하는 게 보통이죠. 여기서 나 혼자 환자를 자세히 그리고 열심히 봐야겠으니 한 세션에 10~20명만 보겠다고 말하는 건 민폐처럼 여겨져요. 일반 직장에서도 그렇지 않겠어요? 한 직원이 본인만 일을 조금 하겠다고 선언할 순 없는 거니까요.

그렇게 말씀하시니까 너무 와닿는데요? 결국 시간의 효율성을 따질 수밖에 없겠어요.

한 환자당 사용할 수 있는 시간이 제한되어 있으니, 꼭 필요한 것만 체크하고 환자가 궁금해하는 것에 대해서는 이야기를 나누지 못하는 거죠. 만약 동네 의원에서 내시경을 했더니 위암이 의심된다는 환자가 오면 일단 추가로 검사할 CT 일정을 잡고 다음 환자를 받기에 급급하죠. 환자가 느끼는 증상, 불안이나 걱정에 대해 얘기 나눌 시간은 없는 거예요. 환자는 그동안 식사는 어떻게 해야 하는지, 당장 약을 먹어야 하는지, 수술은 언제 잡히는지, 병기는 몇 기인지 등등이 궁금하겠지만 "모든 건 검사 후에 말씀드리겠습니다"라는 답변만 들을 수 있죠.

사실 환자는 진료실에 들어서기까지 매우 초조했을 거예요. 그래서 의사를 만나면 자신의 상태에 대한 설명을 듣고, 어떤 부분에 대해서는 위안을 얻고 싶기도 했을 거고요.

그러게 말입니다. 사실 위중한 병을 진단받은 환자에게 의사와의 만남이 얼마나 중요하고 긴장되는 순간인지 알고 있습니다. 진료실에 들어오면 머릿속이 하얘져서 아무 생각도 나지 않는다는 것도 알고 있고요. 표정만 보아도 알 수 있죠. 저도 환자 입장이 되어 진료실에 들어가면 그런걸요.

그런 환자를 만나면 어떻게 얘기해야 하는지를 놀랍게도 의과대학에서는 가르쳐줍니다. 먼저 환자가 어떻게 이 상황을 받아들이고 있고 얼마나 알고 있는지를 물어보고, 그리고 나서 현재의 상황을 알기 쉽게 설명하고, 감정적인 공감을 제시하는 거죠. 궁금한 것이 있는지 물어보고, 앞으로의 계획을 설명하고 마무리합니다. 그런데 두려움에 가득 찬 환자의 얼굴을 보면 제 머릿속도 하얘집니다. 아, 이걸 어떻게 3분 안에 다 설명하지? 결국 배운 대로 하지 못하고 최대한 압축한 설명만 던진 채 환자를 떠밀 듯 내보내게 되는 거죠.

환자의 마음에 대해서는 무심하거나 아예 모르는 줄 알았는데, 선생님도 알고 계셨군요. 그런데 환자가 조립 라인 위에 우두커니 올려진 부품 같다고 느껴지게 만드는 이 진료 시스템이, 과연 옳은 것인가 생각해보게 돼요.

네, 그게 제가 병원을 '공장'이라고 표현한 이유 중 하나예요. 물론 공장 방식의 철저한 분업화와 관리가 진료의 수준을 올려놓는 데에 어느 정도 역할을 했다고는 생각해요. 하지만 그게 사람을 대상으로 하는 서비스에 과연 맞는 방식일까, 하는 의문은 늘 가지고 있었어요. 대량 생산의 품질 관리 기준을 지키면서도 어떤 부분에 있어서는 물건 하나하나를 검수하고 마무리하는 장인의 손길이 필요한 건 아닐까? 아니, 이것도 결국은 사람을 물건 취급하는 것이기는 하네요. (한숨) 스스로 움직이고 생각하는 개별적인 인격체인 환자에게 기본적으로 의사와 충분히 의사소통할 기회가 주어져야 하는 건 어쩌면 당연한 건데, 왜 저는 이런 이상한 비유를 떠올리고 있었을까요?

이해는 하지만 씁쓸한 기분이 드는 건 어쩔 수 없네요. 그러니까 환자들이 개별적인 인격체라는 걸 의사들이 모르는 건 아니라는 말이죠?

그럼요, 물론이에요. 의사의 머릿속에는 일정한 범주 아래 환자들이 분류되고 있긴 해요. 하지만 그건 대부분 의학적인 분류예요. 머리로는 개별적인 인격체라는 걸 알지만, (진료실에서는) 환자라는 분류 이외에 다른 정체성을 지닌 사람이라는 걸 쉽게 떠올리긴 힘들어요. 얼마 전 퇴원한 환자분이 교사로 일하셨다는 걸 알게 되었을 때 저는 어쩐지 이상한 기분이 들었어요. 그분이 교단에 서서 학생들을 가르치는 걸 쉽게 상상하기 어려웠거든요. 그냥 제 머릿속에는 60대 남자, 기저질환 고혈압, 대장암 4기, 간 전이 진행으로 인한 담도염, 이런 스테레오타입만 입력되어 있었기 때문이에요. 하지만 환자의 구체성이 하나 더 저에게 입력되니 본인의 병에 대해 어떻게 받아들였을지, 어떤 마음으로 투병을 해왔을지 약간 다르게 상상이 되기는 했어요.

입력이라고 하니 스스로를 기계로 여기시는 것 같다는 생각도 드네요. (웃음)

하하. 그런가요? 사실 제가 하는 일 중의 일부는 곧 인공지능이 대체하게 될 수도 있을 것 같아요. 챗GPT를 비롯한 인공지능의 수준은 경이롭더라고요. 물론 아직 어설프기는 하지만 성능이 향상되어 의료 인공지능 솔루션에 적용되면 의사 대신 중요한 치료 결정을 할 날이 머지않은 듯 보였습니다. 환자 진료에 필요한 최신 가이드라인이나 논문 찾는 건 지금의 인공지능도 저보다 훨씬 더 잘하니까요. 언젠가 이런 생각을 해본 적도 있어요. 감정적인 공감을 잘 할 줄 모르는 것이 인공지능의 한계라지만, 어쩌면 인공지능에게 '환자에게 정서적 지지와 공감을 제공해야 한다'는 원칙이 입력된다면 오히려 인간 의사보다 더 잘 지키지 않을까? 바쁘다는 핑계로 건너뛰고 있는 검사 소견이나 현재 상태에 대한 설명도 인공지능은 꼼꼼하게 다 챙겨서 할 수 있지는 않을까? 그렇다면 의료의 미래는 공장을 벗어나는 게 아니라 고도의 공장화가 되는 걸까? 그런 생각들······.

인공지능이 의료 현장에 어떤 도움을 줄 수 있을지, 또 앞으로 병원의 풍경이 어떻게 변할지 정말 궁금해져요.

네, 저도 이 격동의 시대에 쉽게 잘 감이 오지는 않네요. 분명한 것은 좀 더 환자 중심으로 변해가야 한다는 거예요. 그런 면에서는 지금의 '3분 진료 공장'이라는 방식은 분명히 바뀌어야 한다고 생각해요. 인공지능이 도입된다고 해도 환자에게 필요한 지지와 공감을 제공하기에는 턱없이 부족한 현재의 공장식 의료 방식은 아니어야겠죠.

의료진도 3분 진료에 만족하지 못하는 건 어떤 이유에서일까요? 업무의 강도 때문일까요?

물론 과로도 문제죠. 그러나 무엇보다 불안해하고 서운해하는 환자의 마음을 느끼는 이상, 의사도 마음이 편하진 않아요. 앞에 나간 환자에게서 내가 놓친 건 없는지 걱정이 되죠. 암이 의심된다고 온 환자가 느끼는 제일 불편한 증상이 무엇인지, 평소에 체력은 어느 정도였는지, 잠은 잘 자는지, 식사는 어느 정도 하는지, 통증이 어느 정도인지를 알아야만 그를 가장 편안하게 해줄 수 있는 처방을 할 수 있어요. 그렇게 해서 환자의 몸과 마음이 편안해져 의사에게 감사를 표할 때 의사는 가장 큰 보람을 느껴요. 자기 효능감이 높아지죠. 반대의 경우에는 좌절감을 느끼게 되고요. 3분 진료는 많은 경우 자기 효능감을 느낄 기회가 없고 반대로 좌절하게 되는 경우가 많아요. 특히 제가 보는 암과 같이 결국은 진행하고 나빠지는 경우가 많으면 더더욱 그렇죠.

구체적으로는 어떤 점들이 가장 힘든가요?

제 일의 특성상 힘든 것들이 있어요. 항암 치료는 대개 수개월에서 수년은 좋아지지만 결국은 내성이 생기고 나빠지는 경우가 대부분이에요. 사실 저희는 그걸 실패한 치료로 여기지는 않아요. 그만큼의 시간을 연장한 것이니까요. 하지만 환자 입장에서는 받아들이기 쉽지 않죠. 어떻게든 완치되기를 기대하는 게 모두의 마음이니까요. 사실 병이 진행하면 저도 괴로워요.

다음 대안을 찾아야 하는데 그게 마땅치 않은 경우도 많고요. 어쨌든 그걸 설명하고 감정을 다독일 수 있도록 도와드리려면 시간이 오래 걸리는데 지금의 시스템에서는 매우 어렵죠. 결국 이런 환자들이 몇 명만 있으면 진료가 지연될 수밖에 없어요. 그럼 뒤에서 기다리는 분들은 초조해지고, 1시간이 넘게 지연되면 불만을 제기하는 분들도 나타나고, 가끔은 소리 지르는 분들도 계세요. 그분들을 진정시키는 역할을 하는 외래 간호사들도 힘들지만, 저도 그 고함을 들으면서 눈앞의 환자에게 집중하는 것은 정말 어려워요. 이런 일이 한 번씩 있으면 환자분들도 힘들지만 저희도 마음의 상처가 꽤 오래가요. 자주 있어도 익숙해지지는 않더라고요.

의학이 발전하며 병원은 공장이 되었지만, 의사도 환자도 불행하다면 결국 공장을 파괴하는 러다이트 운동이 필요한 걸까요?

앞서도 말씀드렸지만, 공장의 긍정적인 면은 분명히 있어요. 규격화된 진료는 질이 높고 오류가 적어요. 양질 전환의 법칙이라는 게 있죠. 많은 비슷한 환자들을 보며 경험이 축적되면 진료의 질은 올라가요. 위암 환자에게서는 이런 약을 쓰고 이런 용량으로 쓴다는 것은 수많은 임상 시험을 통해 프로토콜화되어 있고 전 세계의 병원에 공유되며, 의사와 간호사, 약사들이 모두 이 내용을 숙지하고 있어요. 주사 부작용이 일어나면 어떻게 조치한다는 것도 다 알고 있고요. 사실 환자들도 그런 전문성을 기대하고 큰 병원을 찾아요. "저 같은 환자를 많이 보셨으니까 잘 아시지 않냐"고 물어보죠. 비유를 하자면, 환자들도 자신이 크고 좋은 공장의 공산품 중 하나가 되기를 원한다고 볼 수 있어요. 하지만 물건 취급을 받고 싶은 인간이 어디 있겠어요? 그들이 동시에 개별적인 인간으로서의 대우를 원하는 건 당연한 거죠. 병원은 그 두 가지 소망을 동시에 만족시켜야 하는, 공장이되 공장이어서는 안 되는 공간인 겁니다.

러다이트 운동이라…… 공장식 의료는 파괴가 아니라 극복의 대상이라는 생각이 듭니다. 공장이라는 골격은 유지하되 새로운 모델을 제시할 수 있지 않을까 해요. 제가 정말 맛있는 맥주를 제조하는 양조장에 가본 적이 있는데요. 양조장 옆엔 멋진 카페와 휴식 공간이 있고 공연도 하고 있었어요. 맛있는 맥주뿐만 아니라 그걸 즐길 수 있는 공간과 분위기를 함께 생산하는 곳이어서 인상적이었죠. 병원도 그럴 수 있지 않을까 생각했어요. 축적된 경험에서 우러나오는 양질의 의료 서비스를 여유롭고 따뜻한 분위기에서 제공할 수 있는 곳이 될 수는 없을까, 그런 생각을 종종 합니다.

여유롭고 따뜻한 분위기라…… 어쩐지 상상이 안 가는데요? 일
하시는 병원에 가보면 앉아서 기다릴 곳도 마땅치 않던데요?
(웃음)

아…… 네, 할 말이 없군요. 실은 그게 이 책을 쓴 이유이기도
해요. 먼저 3분 진료라는 박리다매 상품이 왜 사라지지 않는지
이해를 할 필요가 있어요. 모두가 불만족한 상황에서도 바뀌지
않는 건 그만큼의 이유가 있기 때문일 테니까요. 아마도 적은 비
용으로 최적의 효율을 얻을 수 있어서겠죠. 당분간은 이런 패턴
이 바뀌지 않을 거고, 이런 상황에서 환자분들이 최대한 병원을
잘 이용하기 위한 팁도 드리고 싶었어요. 하지만 결국은 바뀌어
야죠. 이런 방식으론 지속가능하지 않고, 우리도 더 건강해지기
어려울 테니까요. 우리 의료가 당장 바뀔 순 없지만, 적어도 무
엇이 문제인지 인식은 함께 공유해야 바뀔 수 있지 않을까 하는
것이 제가 글을 쓰는 이유이기도 해요.

제2장

3분을 위한 팁

대형 병원에서
똑똑하게
진료받는 법

양다리를 걸쳐라

환자분들이 "선생님이 제 주치의시니까……"라고 말씀하실 때가 종종 있다. 아, 이분은 나를 주치의로 생각하고 있구나. 감사하기도 하지만 한편으로는 부담스럽다. 종양내과 의사인 나는 이 방면에 특화된 전문의이지, 환자의 건강 문제를 통합적으로 돌보는 주치의로서 적합한 의사는 아니다. 4년간 내과 의사로서의 수련 과정을 거쳤고, 환자를 개별 질환의 집합체가 아닌 한 인간으로 보라는 가르침을 수없이 들어왔지만, 그 이후로는 약 15년 넘는 세월을 항암화학치료를 받는 암 환자만 봐왔기 때문에 주치의로서의 종합적인 관리를 제공하는 것은 불가능하다. 요즘은 혈압약을 어떻게 쓰는지, 당뇨 관리는 어떻게 해야 하는지 최신 지견에 대한 감각은 거의 없다고 봐야 한다. 암으로 인한 통증이라면 내가 조절할 수 있지만 골관절염이나 추간판 탈출증 같은 근골격계 증상, 류마티스 질환, 천식 환자의 스테로이드흡입제 사용, 이런 것들까지는 도저히 일일이 챙길 수가 없다. 이 환자가 항암 치료를 잘 견디고 있는지, 용량은 어떻게 해야 할지, 혹시 재발이나 진행이 의심되는데 놓치고 있는 건 아닌지, 이런 것을 확인하는 것만 해도 벅차기 때문이다.

암 환자면 다른 건강 문제보다는 암 치료가 우선이지 않느냐고? 대개는 그렇다. 하지만 진행암 환자도 고혈당 위기로 입원하기도 하고, 만성 폐쇄성 폐질환의 급성 악화로 입원하기도 한다.

암 환자들이 고령화되면서 다른 만만치 않은 동반 질환을 함께 가지고 있는 경우가 점점 늘어나고 있다. 특히 암 치료가 종료된 암 생존자들은 더욱 암 이외의 동반 질환 관리가 중요해진다. 그래서 종종 누군가가 주치의를 해주었으면 하고 바라게 된다.

누가 내 환자의 혈압, 혈당도 조절해주고, 항암 치료 받으면서 술·담배를 하는 (놀랍지만 정말 그러는 사람들이 적지 않다!) 병 주고 약 주는 생활습관 좀 고치도록 계속 물어보면서 챙기고 잔소리 좀 해주고, 뭐 먹는 게 좋은지 운동은 얼마나 하는 게 좋은지나 대신 상담 좀 해주었으면 좋겠다. 그러나 현실적으로는 주치의가 없으니 내가 해결할 수 없는 문제에 대해서는 여기저기 다른 과에 컨설트를 내게 된다. 혈압은 심장내과, 당뇨는 내분비내과, 만성 폐쇄성 폐질환은 호흡기내과, 치질이라도 있으면 대장항문외과……. 가능하면 한날에 외래 진료를 맞추려고 노력하지만 그렇지 못한 경우도 다반사다. 환자는 항암 치료 때문에 2~3주에 한 번 병원에 오는 것 이외에 다른 질환에 대해서도 진료를 받으러 여러 번 발걸음을 해야 한다.

암과 항암 치료로 인한 문제만 해도 종양내과 의사 혼자서는 다 챙길 수가 없다. 항암 치료와 관련한 부작용을 설명할 때 받는 가장 흔한 질문은 "집에 가서 이런 부작용이 생기면 어떻게 하죠?"인데, 심한 경우에는 응급실로 오라고 교육하긴 하지만, 모든 부작용에 대해 무조건 응급실로 오라고 할 수는 없는 일이다. 경증이어도 환자 입장에서는 꽤 불편한 오심, 구토, 설사, 식욕 부진 등의 부작용을 지역 사회 의료 기관에서 관리할 수 있다면 좋을 텐데, 병원 간 연계가 잘 되지 않는 우리나라에서는 쉽지 않은 일이다.

일본의 개원의이자 내과 의사인 나가오 가즈히로가 쓴《항암제를 끊을 10번의 기회》라는 책이 있다(2014년 출판되었는데 지금은 절판되었다). 이 책의 제목은 마치 항암 치료를 받지 말라는 흔한 의료 부정 서적처럼 보이지만, 실제로는 항암 치료를 현명하게 잘 받아야 한다는 내용을 담고 있다. 저자는 한 위암 환자가 진단을 받고 수술, 항암 치료 이후 임종에 이르기까지 1차 진료 의사로서 돌보는 과정을 이야기로 풀어내고 있는데, 이 중 내가 인상 깊게 보았던 부분은 환자에게 "양다리를 걸치시라"고 주문하는 장면이다. 저자는 항암 치료 후의 오심, 구토와 피로 증상으로 힘들어하는 환자에게 "대형 병원과 동네 의원에 양다리를 걸치시라"며 수액과 스테로이드 등 보존적 치료를 하는 한편, 열이 날 경우에는 항암 치료를 받는 병원에 연락해 전원을 시키기도 한다. 결국 말기로 진행한 환자에게 호스피스 돌봄을 제공하고 임종까지 지키게 된다. 환자가 책 속에서 하는 말을 들어보자.

암센터에서 전 그냥 번호로 불리는 존재입니다. 환자의 인생 따위에는 손톱만큼도 관심이 없는 주치의는 매번 엑스레이 사진과 혈액 수치를 보면서 두세 마디 건네고 끝입니다……. 제가 마치 수리 공장에 들어간 고물 자동차처럼 느껴져서 견딜 수가 없어요. 그런데 여기 오면 제 가족관계까지 알고 아내 흉을 봐도 웃으면서 들어주는 나가오 선생님이 계시니까 '스즈키 노부오'라는 인간으로 돌아올 수 있어요.

남매가 찾아 헤매던 파랑새가 결국 집 안의 새장 안에 있었음을 확인하는 동화 《파랑새》에서처럼, 나의 상태를 잘 이해해주고 챙겨주는 주치의는 큰 병원보다는 동네에 있을 가능성이 크다. 항암 치료를 받는 중이라면 이런 '양다리'를 시도해보시기를 권한다. 일단 항암 치료를 받는 병원에서 현 상태를 기술한 소견서를 받고, 각 병원에 설치되어 있는 전원의뢰센터에서 집 주변에 협력 관계가 있는 병의원을 소개받을 수 있다. 또는 평소에 자주 가서 신뢰가 쌓인 내과나 가정의학과가 있다면 그곳이 제일 좋은 주치의 후보다. 치료 중 힘든 증상이 있으면 들를 수 있는 가까운 병의원을 두는 것이 복잡한 종합병원에만 기대는 것보다는 훨씬 든든할 것이다.

양다리를 걸치려면
어떻게 해야 할까?

나는 연애를 할 때 양다리를 걸쳐본 적은 없지만 (그런 능력자가 아니었다), 양다리를 걸치려면 매우 치밀하게 데이트 동선을 짜고 서로 나누는 이야기가 뒤섞이지 않게 주의를 기울여야 할 것이다. 하지만 환자로서 양다리를 걸치는 경우엔 반대다. 한쪽 병원의 의사에게 다른 쪽의 진료 내용을 세세하게 알려주어야 한다. 의사는 애인과는 달리 환자가 다른 병원에 다니고 있다는 사실을 싫어하거나 질투하지는 않는다. 그러나 다른 병원에서 받은 진료 내역을 파악할 수 없다면 좀 난감해할 수도 있다.

✤ 과거의 치료 내역이 담긴 소견서를 준비하라

항암 치료를 받는 중이라면 지금 어떤 병에 대해 어떤 약제로 언제 치료를 받았는지 기록한 소견서가 필요하다. 암 치료가 종료되어 검진을 받는 중이어도 과거 치료받은 내역을 받아두도록 하자. 동네 병의원에 사소한 증상으로 갈 때도 지참하는 것이 도움이 된다. 요즘은 대부분 병원에서 전자 의무기록을 쓰고, 상당수의 의사들은 환자들의 병력을 정리해두고 진료할 때마다 업데이트를 해두기 때문에 이것을 복사해서 소견서에 붙이면 환자의 소개서로서 손색이 없다. 나의 경우는 병력에 더해서 소견서 템플릿을 만들어두고 이것을 복사해서 항암 치료를 시작하는 대부분의 환자에게 미리 드리고 있다. 항암제의 흔한 부작용의 종류와 특정 부작용에는 어떤 약을 쓸 수 있는지 예시까지 포함한 템플릿이다.

✤ 소견서와 함께 가장 최근의 검사 결과지를 제시하라

요즘 대부분의 대학병원은 홈페이지나 스마트폰 애플리케이션을 통해 환자가 자신의 검사 결과를 확인할 수 있는 시스템을 마련해두고 있다. 모든 검사 결과를 볼 수 있는 것은 아니지만 기본적인 혈액 검사 결과, 즉 백혈구 수치나 빈혈 수치, 혈당, 간 기능, 전해질 수치 정도는 대체로 애플리케이션으로 확인이 가능하다. 동네 의원에 갈 때 지참하고 의사에게 소견서와 함께 보여주면 자신의 상태를 좀 더 정확하게 알리는 데 도움이 된다.

✚ 한쪽 다리는 동네 의원에

'양다리를 걸치시라'는 말이 동일한 진료를 제공하는 두 병원을 다녀도 좋다는 말은 아니다. 대학병원과 동네 의원은 서로 다른 단계의 진료를 제공하므로 보완적인 관계를 유지하며 진료할 수 있다. 그러나 솔직히 대학병원 두 군데를 왔다 갔다 하며 진료를 받는 환자는 대개 환영받기 어렵다.

만약 A 대학병원에서 항암 치료를 받은 후 설사가 생기고 제대로 식사를 못 했다고 가정해보자. B 내과의원에서 수액주사를 맞을 수 있다면 더 악화되어 A 대학병원 응급실에 실려오는 상황을 미리 방지할 수 있다. 그런데 환자들에게서는 "가까운 C 대학병원 응급실에 가게 되었는데 푸대접을 받았다"는 이야기를 자주 듣게 된다. 한편 지방의 대학병원에 근무하시는 선생님들에게서는 "서울에서 항암 치료를 받는 환자들이 치료 부작용이 생겨서 오는데 우리 병원에서 항암 치료를 받는 분도 아니고 어디까지 진료를 해야 할지 난감하다"는 말도 자주 듣는다. 비교적 가벼운 증상들은 동네의원에서 진료를 받아도 좋지만, 응급실에 와야 할 정도의 위중한 증상은 치료를 받던 병원에 가는 것이 원칙이다. 정 급하면 할 수 없이 가까운 병원에 가야겠지만, 사실 C 대학병원의 입장에서는 다른 병원에서 받은 치료의 뒤치다꺼리를 하는 셈이라 그리 적극적으로 진료에 임하기 어렵다. 결국 심각한 부작용이면 원래 치료하던 의사가 다음 치료를 미룰지, 약제를 변경할지 결정해야 하기 때문이다.

그래서 사실 환자들에게는 "항암 치료는 가급적 가까운 병원에서 받는 것이 좋다"고 설명하고 지방에 거주하시는 분들에게는 그 지역의 대학병원으로 옮겨서 치료를 받으시라고 권유하고 있다.

🌸 요양병원보다는 동네 의원 진료를 병행하라

진료실에서 자주 받는 질문 가운데 하나가 암 전문 요양병원에 가는 것이 좋은지에 대한 것이다. 항상 돌봄이 필요한 쇠약한 환자의 경우에는 고려해볼 수 있다. 침상에 누워 있는 시간이 활동하는 시간보다 더 많은 그런 경우 말이다. 그러나 대체로 그 정도로 쇠약한 환자의 경우엔 항암 치료를 받기 어렵고, 병원에 오래도록 입원을 하면 활동량이 더 줄어들 수밖에 없다. 그래서 환자를 돌볼 가족이 있거나 재택 간병인을 둘 수 있는 상황이라면 가급적 집에서 지내시는 것을 권한다.

얼마 전 나의 시아버지가 암 진단을 받으시면서 우리 부부도 요양병원을 심각하게 고민했던 적이 있다. 치료의 부작용이 생겼을 때 시어머니와 두 분이 살면서 빨리 대처할 수 있을지 걱정이 되었다. 바쁜 맞벌이 부부가 노인을 모시고 자주 병원을 오가는 것도 쉽지 않을 것 같았다. 많은 요양병원이 대학병원까지 다니는 셔틀버스도 운영하고 있으니 통원 치료에 도움을 얻을 수 있다는 장점도 있었다.

그러나 요양병원에 입원하시면 안 그래도 동네 산책하는 정도가 전부인 시아버지의 활동량이 더 줄어들 것 같았고, 익숙한 환경이 아니니 더 고립되고 우울해질 가능성이 컸다. 검사를 위해 입원하셨을 때도 암 진단의 충격 때문이었겠지만 검사받을 때를 제외하고는 줄곧 기운 없이 누워 계시기만 했기 때문이다. 활동량의 저하는 식욕 저하와 근골격근의 위축으로 이어지고 항암 치료의 부작용은 더 커질 수 있기 때문에, 가능하면 집에 계시는 것이 낫겠다는 결론을 내렸다. 또한 시어머니와 지내시는 정서적 안정감이 치료에도 중요할 것이라 생각했다.

결국 시아버지는 댁에서 통원 치료를 하고 계신데, 즐기던 담배와 술을 끊고 규칙적인 식사와 운동을 하니 항암 치료를 받고 있음에도 몸 상태는 더 나아졌다. 아마도 암 진단이라는 위기감이 오래된 나쁜 생활습관을 개선하는 데 결정적인 영향을 주었겠지만 말이다. 체중과 활동량도 늘어났고 영양 상태가 개선되니 항암 치료의 부작용도 잘 견디고 계신다. 수면제를 적절히 처방받아 복용하면서 오랜 불면도 해결되어 편안하게 지내시고 있다. 같이 병행한 노년내과 진료도 큰 도움이 되었다.

시아버지의 일을 겪고 나니, 혹시 일어날 부작용에 대한 두려움으로 요양병원에 입원하기보다는 기존에 살아왔던 환경에서 부작용을 견딜 수 있는 내재역량[1]을 키우는 것이 훨씬 중요하겠다는 생각이 든다. 그러나 내재역량을 키우는 데 중요한 영양, 운동, 혈압과 당뇨 등 기저질환 조절 등은 종양내과 진료실에서 챙김을 받기 어렵다. 나의 시아버지처럼 노년내과 진료를 병행해도 좋지만, 동네 의원도 이러한 문제에 대한 상담을 받기에 좋은 곳이니, 역시 요양병원보다는 동네 의원에서 진료를 병행하는 것을 권한다.

---

1) '내재역량'은 동료인 서울아산병원 노년내과 정희원 교수의 저서 《지속가능한 나이듦》에서 말한 신체적·정신적 스트레스를 견딜 수 있는 몸의 항상성(homeostasis) 정도를 말한다. 《지속가능한 나이듦》에서는 영양과 운동, 질병과 약, 인지기능과 기분, 사회적 자원을 신체적 노쇠를 방어하는 다섯 요소로 꼽는데, 암 치료를 받는 환자 역시 노인이 아니더라도 이들 다섯 요소를 잘 관리해야 치료라는 큰 파고를 잘 견뎌낼 수 있다.

진짜 눈여겨볼 것과
그렇지 않은 것

"암수치가 얼마인가요?"

"…… 지난번보다 조금 올랐네요."

"그러면 어떡해요? 더 나빠지는 거 아닌가요?"

"꼭 그렇게만 볼 순 없고, 그 수치만으로 병 상태를 판단하지는 않

습니다."

진료실에서 많이 나누는 대화다. 환자마다 다른데, 종양표

지자tumor marker를 빠짐없이 챙기는 분들이 있다. 종양표지자

는 종양에서 분비되는 물질을 혈액으로 검사하는 것으로, 대표

적인 것으로는 CEA(대장암, 위암, 폐암), AFP(간암) CA19-9(췌장암, 담도암), CA125(난소암), PSA(전립선암) CA15-3(유방암) 등이 있다.

종양표지자는 암의 진단과 치료 결정에 도움이 되는 검사지만, 많은 경우 혼란을 일으키기도 한다. 종양표지자를 실제 환자 진료에 사용하는 것에는 분명한 한계가 있으며, 이것만 믿고 결정해서는 안 된다는 것은 의과대학에서 배우는 상식이다. 그러나 이것을 환자들에게 이해시키기는 상당히 어렵고, 종종 의사소통에 문제를 일으키기도 한다.

흔히 맞닥뜨리는 질문. "종양표지자가 올랐는데 암 아닌가요?" 그렇지 않다. 상당수의 건강검진 프로그램에서 종양표지자를 포함시키고 있으나, 이로 인해 발생하는 혼란과 비용을 생각하면 사실 좀 심란해진다.

종양표지자는 암 진단에 쓰이는 검사가 아니다. 예를 들어, PSA는 전립선암의 진행 상태나 치료 반응을 비교적 정확하게 반영하는 수치지만, 암이 아닌 전립선비대증에서도 수치가 올라갈 수 있다. CA125 역시 난소암에서 상승할 수 있지만 암 이외의 다른 원인으로 인한 복수가 찰 때도 올라간다.

적지 않은 분들이 건강검진 결과 종양표지자가 올라갔다며 종양내과 진료실을 찾는다. 다른 영상 검사나 내시경을 해보지만 이상이 없는데, 이게 왜 올라갔느냐며 불안해한다. 종양표지자는 암 이외에도 다른 원인의 영향을 상당히 받지만, 그 다른 원인을 일일이 다 규명할 수는 없다. 결국 수개월, 수년간 추적 관찰을 해보는 수밖에 없다. 대개 종양표지자 수치는 큰 변동 없이 유지되는 경우가 많다. 그렇다면, 당신의 종양표지자 수치가 높은 것은 사람마다 키가 다르듯 개인차일 것이라고 말할 수밖에 없다. 답답하겠지만, 이것이 현대 의학이 내놓을 수 있는 답의 전부다. 결국 수개월, 수년간의 불필요한 진료와 검사를 받는 셈이 된다. 의사마다 의견이 다를 수 있겠지만, 나는 건강인에 대한 검진 프로그램에서 종양표지자가 모두 제외되어야 한다고 생각한다.

그렇다면 종양표지자는 무엇에 쓸까? 건강인의 암 진단에 사용하는 게 아니라, 암으로 치료받는 환자에게서 치료 효과를 판정하기 위한 자료로 쓴다. 수술이나 항암 치료 후 수치가 떨어지는지를 보는 것은 중요하다. 그러나 이 수치가 암의 진행 또는 호전 여부를 항상 정확히 반영한다고는 말할 수 없다.

예를 들어, 항암 치료 후 종양표지자가 상승했다가 떨어지면서 비로소 치료 반응이 보이는 경우도 있다. 보통 플레어flare라고 부르는데, 항암 치료로 인해 종양 세포가 깨지면서 종양표지자가 되는 물질을 분비하기 때문에 오히려 더 올라갈 수도 있는 것이다. 반면 암이 진행되고 있음에도 종양표지자는 큰 차이가 없이 안정적으로 유지되는 경우도 상당히 많이 보았다. 이런 경우 종양표지자만 믿고 기존 치료를 유지한다면, 환자 상태가 악화되는 것을 방치하게 될 것이다.

더 흔한 경우는, 치료하면서 떨어졌던 종양표지자가 슬금슬금 계속 올라가는데 영상에서는 큰 변화가 없고, 환자의 증상도 안정적으로 유지될 때다. 환자는 불안해한다. 병이 나빠지는 거냐고.

"몸에 퍼진 종양의 일부에서 내성이 생기고 있는 상황일 수도 있습니다. 하지만 전반적으로는, 종양의 상태는 조절되고 있기 때문에 현재의 치료를 지속하는 것이 가장 적절한 방법이라고 봅니다."

"아니, 그래도 나빠지는 기미가 보이는데 대책이 있어야 하는 거 아닌가요?"

환자도, 의사도 서로 답답하다. 그러나 이건 질병 치료의 목적 자체가 환자가 생각하는 것과 의사가 생각하는 것이 다른 데서 오는 근본적인 갈등이라고 할 수 있다. 환자는 암을 뿌리 뽑기를 원하고, 의사는 암을 없애지 못하나 문제를 일으키지 않도록 조절하는 것에 의미를 둔다. 아무리 처음에 치료 목적이 완치가 아닌 조절에 있다고 설명해도 그렇게 받아들이기는 힘든 것이 사람의 마음 아닐까.

그래도 의사의 판단을 믿으시라고 말씀드리고 싶다. 지금 당장 눈에 보이지도 않는 약간의 진행 의심 소견을 가지고 약을 바꾼다면 나중에 쓸 약이 훨씬 더 빨리 소진될 것이다. 의사는 우리가 쓸 수 있는 무기에 한계가 있을 수밖에 없으며, 이 무기를 어떻게 최대한 쓸 수 있을지 수없이 고민하는 사람이다. 종양내과 의사가 받는 수련은, 신무기를 개발하기 위해서이기도 하지만, 지금 가지고 있는 무기로 얼마나 잘 싸울 수 있는지를 배우는 과정이기도 하다. 질병의 성질을 알고 다스려본 경험이 있는 자를 믿으시라.

날씨를 판단할 때 인터넷의 정보를 보고 오늘의 기온, 습도, 풍향 등을 파악하기도 하지만, 가장 확실한 것은 그날의 하늘을 올려다보는 것이다. 밖에 나가서 그날의 공기를 느껴보는 것이다.

암의 상태를 파악하는 것도 마찬가지다. 영상 검사, 종양표지자, 간과 신장 기능, 조혈 상태를 반영하는 여러 가지 수치를 보고 판단하고, 환자를 직접 진찰해서 파악하기도 하지만 가장 중요한 것은 환자 본인이 어떻게 느끼느냐다. 항암 치료를 받고 어떤 증상이 있었는지, 구토가 얼마나 심했는지, 피로감이 어느 정도인지를 매일 일기로 적어보자. 몸이 힘든 정도가 10점 만점에 지난주 5점이었다면 이번 주는 3점, 이런 식으로 점수를 매겨볼 수도 있다. 그리고 그 상태를 담당 의사에게 가능하면 정확히 전달해주는 것이 중요하다.

종양표지자는, 날씨를 파악하는 데 있어 습도 정도의 중요성 정도라고 볼 수 있다. 습도는 날씨를 파악하는 데 있어 중요하다. 그러나 그것만으로 날씨를 판단하지는 않는다. 같은 습도여도 기온에 따라 날씨가 천차만별이지 않은가. 바람의 세기에 따라 바깥 풍경과 우리의 기분은 너무도 달라진다.

종양표지자가 1~2정도, 많게는 50~100까지 오르내리는 것도 환자의 상태에 따라 의미가 있을 수도 있고 없을 수도 있다. 무슨 선문답같지만, 사람의 몸은 기계가 아닌 만큼 숫자 하나로 다 알 수 없는 것이 당연하지 않은가. 종양표지자의 추이에 일희일비하기보다는 자신의 몸 상태와 기분을 하루하루 체크해보고 돌보는 데 집중하는 것이 더 효과적이다.

궁금한 내용은
미리 메모하라

"저…… 바쁘신데 죄송하지만……, 뭐 좀 여쭤봐도 될까요?"

가끔씩 환자나 보호자가 진료실에서 나가기 전 이렇게 조심스럽게 물어보곤 한다. 물론 나를 배려해 예의를 다하는 표현이다. 하지만 굳이 이런 식의 표현은 할 필요가 없다. 그저 단도직입적으로 궁금한 것을 물어보는 편이 환자에게도, 그리고 의사에게도 유익하다.

때로는 의사들이 '바쁘니 질문을 하지 말라'는 분위기를 온몸으로 풍기기도 한다. 그럼에도 불구하고 물어보는 것이면 환자에게는 정말 궁금한 것이며, 절실한 것이다. 사실 환자는 질문할 권리가 있으며 의사는 대답할 의무가 있다. 의사들이 바빠 보인다고, 눈조차 마주치지 않는다고 궁금한 것을 질문하지 못한다거나, 쭈뼛쭈뼛 시간을 끌며 질문한다면 이는 환자와 의사 서로에게 좋지 못한 일이다. 때로는 이렇게 말하는 이들도 있다.

"좀 바보 같은 질문이긴 한데, 제가 처음 겪는 일이다 보니 몰라서 그러거든요."

이런 말도 앞에서 언급했던 "저…… 바쁘신데 죄송하지만"과 마찬가지다. 의사가 아닌 이상, 의료계 종사자가 아닌 이상 병에 관련된 것들은 누구나 문외한이다. 모를 수 있고, 모르는 게 당연하다. 내가 질문하는 게 바보 같아 보일까 봐 걱정하거나 두려워할 필요가 없다.

재밌는 것은, 본인은 바보 같은 질문일지도 모른다며 물어보는 내용이 꽤 날카롭거나 학계에서 논란인 부분인 경우가 많다는 것이다. 예를 들어 '아스피린이나 비타민 D를 복용하는 것이 암 재발 예방에 도움이 되는가' 하는 것들 말이다(물론 논란이 있는 부분이라 아직 일반적으로 복용하도록 권고하지는 않는다).

의사는 환자의 질문에서 연구 아이디어를 얻기도 한다. 직장암 환자는 수술 전 방사선 치료를 받고 약 6~8주간의 휴식기를 가지는데, 그동안 방사선 치료 기간에 복용하던 항암제를 계속 먹어도 되느냐고 묻는 분들이 종종 있었다. 원칙적으로는 복용하지 않는 기간이지만, 이론적으로는 항암 치료를 지속하는 것이 암 진행의 위험을 줄일 수도 있고, 방사선 치료로 종양을 줄인 데 더해서 조금 더 효과를 높일 가능성도 있다. 그러나 모든 일에는 가성비라는 게 중요하다. 부작용이라는 비용에 비해 얻을 수 있는 효과가 좋아야 실제로 치료에 적용할 수 있는 방법이 된다. 그래서 나와 동료들은 방사선 치료 후에 항암 치료를 추가로 하는 것과 원래대로 치료 없이 기다리는 것 중 어떤 것이 효과와 부작용 측면에서 더 나은지를 비교한 임상 시험을 진행했다.

연구 결과는 항암 치료를 추가했을 때 종양이 좀 더 감소하는 것으로 나타났지만, 실제 수술 전 쉬는 기간에 항암제를 투여하기란 생각만큼 수월하지 않았다. 부작용이 실제로 많이 나타나지는 않았지만, 많은 환자들이 그 시기에는 방사선 치료로 인한 피로로 치료를 쉬기 원했기 때문에 치료를 중단하는 비율이 높았다.[2] 그래서 이 연구는 3상 연구까지 진행하는 못했다. 그러나 이후 여러 다른 연구에서 방사선 치료 이전 또는 이후에 항암

---

2) Kim et al. A Randomized Phase 2 Trial of Consolidation Chemotherapy After Pre-operative Chemoradiation Therapy Versus Chemoradiation Therapy Alone for Locally Advanced Rectal Cancer: KCSG CO 14-03. Int J Radiat Oncol Biol Phys. 2018 Jul 15;101(4):889-899.

치료를 하는 것이 기존 치료에 비해 더 나은 효과를 보이는 것으로 밝혀져서, 점차 직장암 치료의 패러다임이 바뀌고 있다. 우리의 연구도 이러한 변화에 작게나마 기여했다고 생각하며, 그 시작은 환자의 질문으로부터 비롯된 것이다.

환자의 질문은 이렇듯 양방향으로 의미가 있다. 환자의 궁금증을 해결하고 자신의 몸을 돌보는 데 중요한 정보를 얻을 수 있을 뿐 아니라, 의사에게는 환자들이 궁금해하는 것, 필요로 하는 것을 알 수 있게 해주는 계기가 된다. 그러나 문제는 그리 많은 시간이 주어지지 않는다는 것이다. 이 짧은 시간을 효율적으로 사용하기 위해서는, 미리 물어봐야 할 내용을 적어보는 것이 좋다. 여러 질문을 다 할 수는 없고, 우선 가장 궁금한 것 두 가지 정도만 정해보자. 한 가지는 너무 적고 세 가지를 물어보려면 시간이 너무 오래 걸리니까.

그리고 본인이 궁금한 것을 묻는 것뿐만 아니라 의사가 궁금해하는 것도 말해줘야 한다. 의사는 당신의 증상 중 어떤 부분이 가장 불편한지가 궁금하다. 이것도 두 가지를 정해보자. 시간 순서대로 두서없이 증상을 나열하기보다는 제일 불편한 것, 그다음 불편한 것 두 가지를 순서대로 말하면 효율적으로 진료 시간을 쓸 수 있다.

다시 한번 강조하지만 바보 같은 질문은 없다. 그러므로 수준 낮은 질문일까 봐 덧붙이는 말들로 시간을 낭비하지 않아도 된다. 궁금한 걸 단도직입으로 물어봐도 의사들은 대부분 실례라고 생각하지 않는다. 간단하고 명료하게 궁금한 점을 물어보는 환자를 오히려 좋아한다. 그러니 망설이지 말고, 단 미리 준비해서 요점 위주로 질문하라.

치료받던 병원을
옮길 때

    얼마 전 전임의 수련을 함께 받았던 선생님의 환자가 내 외래에 왔다. 나무랄 데 없이 훌륭한 치료를 받고 계시는데 왜 여기 오셨느냐고 묻자 "사람들이 다들 한 번씩은 서울에 가봐야 한다고 해서요……"라며 멋쩍게 웃었다. 그를 다시 치료받던 병원으로 되돌려보낸 후 담당 선생님에게 카톡을 보냈다.

    "○○○ 환자분 왔었는데 다시 보내드렸어요."

    "아…… 그분이요? 네, 고마워요. 그래도 한 번씩은 서울에 다녀와야 안심하고 진료를 받으시더라고요."

    어디서 치료를 받던 간에 서울의 큰 병원에 2차 의견second

opinion을 구하는 것이 마치 통과의례같이 자리 잡힌 상황이 씁쓸했다.

암 치료를 받다가 병원을 옮기는 이들은 상당히 많다. 많은 경우 암이 재발하거나 경과가 좋지 않을 때 병원을 옮기는 것을 고려하게 된다. 반면 위의 환자처럼 지방 병원에서 치료받던 이들은 치료를 잘 받던 중이어도 주변의 권유에 상경하는 경우가 종종 있다. 대체로 의사들은 이러한 행태를 '닥터 쇼핑'이라며 그리 곱지 않은 시선으로 바라본다. 암 환자의 수도권 쏠림으로 인해 지방의 병원들은 이용자가 적어 고사되는 현실이라, 사회적으로도 그리 환영할 만한 행동은 아니다. 무엇보다 환자들이 생각하는 것만큼 실제 병원 간 의료의 질이 크게 차이가 나는 것은 아니다. 그런 이유로 내 외래에 오는 2차 의견 환자들 가운데 90퍼센트 정도는 치료받던 병원으로 다시 되돌려보낸다. 실제 병원을 옮겨 치료 방향이 바뀌는 환자들은 10퍼센트 미만이다.

그러나 우리나라뿐만 아니라 어느 나라에서도 환자들은 2차 의견을 구하고 싶어 한다. 지금 내가 받는 진료가 맞는 것인지, 다른 방법은 없는지 알아보고 싶어 하는 것이다. 드물지만 이전 병원에서의 치료가 적절하지 않아서 새로 방향을 잡아야 하는 경우도 없지는 않고, 심지어 진단이 바뀌는 경우도 있으니 병원을 옮기는 것을 무조건 백안시할 필요는 없다.

그렇다면 어떤 경우 병원을 옮기는 것이 좋을까? 우선은 지금 진료에 대체로 만족하고 있는데 괜히 주변 입김에 병원을 옮길 필요는 없다. 그러나 만약 담당 의사와의 관계가 어떤 이유로든 틀어졌거나, 또는 진료에 정말 문제가 있다고 느껴진다면 옮기는 것이 좋다. 일단 환자가 담당 의사를 믿지 못하는 상태에서 계속 진료를 받는 것은 환자에게나 의사에게나 좋지 않다.

집에서 병원까지 너무 멀어서, 교통편이 불편해서 피치 못하게 옮기는 경우도 종종 있다. 항암 치료를 받는 암 환자라면 보통 수개월에서 수년을 2~3주마다 병원에 오가야 하는데, 길이 멀면 환자 자신이나 가족이 견뎌내기가 쉽지 않다. 치료 자체도 힘든데 오가는 비용과 시간 때문에 더 힘을 빼게 되니 불필요하게 에너지를 소모하게 되는 것이다. 어찌 됐든 일단 옮기기로 마음을 먹었다면 다음의 항목들을 챙겨보기로 하자.

✚ 소견서를 꼭 받을 것

담당 의사의 소견서 없이 오시는 분들이 간혹 있다. 대개 종합병원에서는 이전 진료받던 병원의 소견서를 요구하지만, 안 가져와도 진단서나 의무기록으로 갈음되어 접수하는 것이 어렵지는 않다. 그런데 소견서가 없으면 처음부터 제대로 된 진료를 받기가 힘들다. 의료진 입장에서는 환자의 병에 대해 파악도 잘 안 되고, 일일이 차트를 헤집으며 파악하는 과정에서 중요한 사항이 누락될 수도 있기 때문이다. 한편으로는 괜한 편견을 갖게 되기도 하는데, 가령 이런 생각들을 하게 된다.

'의사한테 소견서 써달라는 얘기도 할 새 없이 그냥 온 건가? 성격이 급한 분인가? 분명히 가져오라고 원무과에서 얘기했을 텐데⋯⋯.'

'담당 의사랑 관계가 안 좋아 소견서를 발급받기 위한 진료조차 잡기 싫었던 건 아닐까?'

하지만 반대로 꼼꼼히 작성된 소견서를 가져오면 환자에 대한 인상도 좋아진다. 가끔 담당 의사가 직접 연락해 전원을 받은 환자는 일종의 VIP 대접을 받기도 한다. 정말 전원이 필요해서 오신 분이니까. 그렇지 않더라도 병원을 옮길 때 소견서를 받는 것은 환자의 권리다. 소견서는 국경을 넘어갈 때 소지해야 할 여권과도 같다. 병원을 옮길 때는 어렵고 귀찮더라도 꼭 받아서 가시기를 권한다.

✿ 차트, 영상은 최근 것 위주로 조금만

모든 자료를 다 복사해왔다며 10~15센티미터 정도 되는 두께의 의무기록 사본을 가져오시면 의사로서 정말 난감하다. 재어보니 30센티미터나 되었던 환자도 있었다. 복사하려면 돈도 많이 들었을 텐데, 안타깝게도 대부분은 무용지물이다. 두꺼운 차트의 상당 부분은 혈액 검사 결과지, 간호기록지, 투약기록지인데, 여기 있는 내용들은 그 당시 상황에서는 중요한 기록이어도 시간이 많이 지난 후에는 중요성이 떨어진다. 병원을 옮기는 상황에서 중요한 자료는 외래기록지 및 입퇴원 요약지다. 암 환자의 경우 영상 검사 판독지와 병리 검사 결과지도 중요하다.

"그동안 찍은 모든 영상을 다 복사해왔다"면서 수년간 찍은 방대한 영상을 여러 장의 CD에 나누어서 가져오는 경우도 허다하다. 그 영상들을 병원의 영상 시스템에 업로드하려면 시간도 오래 걸린다. 다 볼 수 있으면 그나마 다행이지만, 그 자료를 꼼꼼히 리뷰할 수 있는 시간을 낼 수 있는 의사는 거의 없다. 의사들이 챗GPT 같은 인공지능이 아닌 이상 이 많은 자료를 한꺼번에 소화할 수는 없다. 가장 중요한 것은 바로 현재 상태이므로, 최근 3개월 영상만 가져가면 된다. 필요하면 의사가 예전 것도 가져오라고 요청 할 것이니, 나머지는 그때 가져가면 된다.

✽ 조직검사 결과지는 꼭 챙기자

산더미 같은 의무기록 복사본 속에 정작 조직검사 결과지가 없으면 허탈하다. 암은 조직학적 진단이 제일 중요하므로, 이것

없이는 치료에 대한 결정을 내릴 수가 없다. 요즘은 암조직에서 유전자를 추출하거나 혈액의 유전자를 검사해 치료 약제를 선택하는 경우도 많아서, 이런 검사를 했다면 유전자 검사 결과지도 복사해서 가야 한다. 떼어낸 조직을 현미경으로 볼 수 있도록 만든 조직 표본 슬라이드도 대개는 챙겨가는 것이 좋다.

✤ 이전 병원이나 의사 흉보지 않기

이전 병원에서는 제대로 설명을 안 해줬다(그러니 이 자료를 보고 나에게 어떻게 된 것인지 설명해달라), 이런 문제가 있어서 믿을 수가 없었다, 태도가 좋지 않았다 등등 이전 병원 의사에 대해 불만을 토로하시는 분들이 있다. 물론 내가 왜 병원을 옮겼는지 설명해야 하고, 속상한 것이 있으니 어디 가서 하소연하고 싶기도 할 것이다.

그러나 그런 이야기를 들으면서 의사는 이전 담당 의사보다는 환자에 대해 평가하게 된다. 물론 환자 입장에서 이해해보려고 노력하는 것이 원칙이지만, 가재는 게 편이라는 것을 잊지 않는 것이 좋다. 의사는 불만을 느끼는 환자의 입장보다는 항의를 받는 입장에 더 많이 서게 되는 사람이다. 환자의 불만을 이해하기보다는, 그 불만을 만들어낸 환경과 상황에 대해 더 큰 이해심을 발휘하게 된다. 그래서 이전 병원 의사에 대해 좋지 않게 말하는 환자를 보며 생각한다. '이분은 여기서 진료받다가 다른 곳에 가게 되면 나에 대해서도 이렇게 안 좋게 말하겠구나······.'

그러니, 가급적 감정은 배제하고 내가 이러이러한 사유로 옮겼다고 간단하게 말하는 것이 좋다. 또한 처음 만나는 의사에게 이런저런 정황을 설명하고 이해받고 공감받으려는 시도는 하지 않는 것이 좋다. 일단은 그런 얘기를 하기엔 진료 시간이 부족하다. 우선 첫 만남에서는 본인의 상태에 대해 정확하게 전달하는 것을 최우선의 목표로 삼을 것을 권한다.

항암 치료 전에는
무엇을 준비해야 할까?

"항암 치료를 받기 전에 무엇을 준비해야 할까요?"

환자분들이 가장 많이 물어보시는 질문이다. 사실 항암 치료 전에 의사가 20분, 간호사와 영양사가 각 30분 이상씩 교육을 하도록 되어 있는데, 솔직히 진료실에서는 그런 질문에 대답할 여유가 별로 없다. 일단 준비고 뭐고 당장 일정을 잡고 치료를 시작하는 데 집중하다 보니 치료 일정과 약제의 부작용, 주의점을 설명하는 것만으로도 시간이 부족하기 때문이다.

실제 준비물 리스트를 원하는 환자들도 있는데 그건 의사보다는 치료를 받아본 환자들이 더 잘 알 것이다. 환자들이 가지고 다니는 것들을 보면 보온물병이나 편하고 신축성 있는 옷(토해서 더러워질 수도 있으니까 저렴한 것으로), 물티슈, 겨울철엔 무릎 담요, 핫팩 정도가 도움이 된다.

그러나 그보다 환자들이 말하는 '준비'라는 것은 일상의 변화에 어떻게 대처해야 하는지를 묻는 질문이다. 그런 측면에서 내가 생각하는 '준비'는 다음의 열 가지 정도다.

✤ 1. 주된 돌봄 제공자 정하기

항암 치료는 짧게는 3~6개월, 길게는 수년을 지속해야 하는 장기적인 프로젝트다. 모든 병이 그렇지만 암 환자에게는 항암 치료의 부작용으로 인해 일상생활을 스스로 꾸려나가기 어려운 상황이 생길 가능성이 있다. 개인차가 크기는 하지만, 항암 치료를 받고 집에 오면 며칠간은 식사나 집안일을 하기 어려운 시기가 있다. 이때 누가 도와줄 수 있을 것인지 계획을 세워두는 것이 좋다.

간병을 받기 어려워 치료 기간에 입원을 원하는 분들이 많은데, 사실 입원은 의학적인 이유로 필요할 때 하는 것이지 간병을 받기 위해 하는 것이 아니다. 그런데 일부 남자분들은 '밥을 해줄 사람이 없어서' 입원을 원하고, 여자분들은 집에 있으면 '밥을 해야 해서' 입원을 원하는 경우가 많다는 것이 씁쓸한 현실이다. 이런 문제 때문에 요양병원에 입원하는 분들도 많은 것으로 알고 있다. 요양병원은 감염의 우려도 있으므로 식사 이외에 의학적 처치가 필요하지 않은 환자라면 굳이 입원을 권하지 않는다. 그러나 현실적으로 어쩔 수 없는 경우도 많다. 우리나라같이 가족을 돌보기 위한 휴가를 내기 어려운 상황에서는 집에 환자를 혼자 두는 것이 불안할 수밖에 없기 때문이다. 만일 요양병원에 입원하게 되더라도 환자의 치료 과정을 챙길 주된 돌봄 제공자 한 명은 있어야 한다.

또한 환자가 어린 자녀를 두고 있다면 아이 돌봄도 누군가 도와주어야 한다. 배우자 또는 다른 가족이 좀 더 많은 역할을 해야 한다. 이런 부분은 사회 시스템적으로 해결할 수 있는 방안이 생겼으면 좋겠다. 젊은 암 환자를 위한 아이 돌봄 서비스를 정부나 사회적 기업에서 제공할 수 있다면 좋을 것이다.

✚ 2. 통원 치료 도울 사람 또는 방법 정하기

주된 돌봄 제공자가 보통은 통원도 돕지만, 항상 환자에게 올인할 수 있는 것은 아니다. 가족이 여러 명이라면 통원 치료는 나눠서 맡을 수도 있다. 하지만 점점 가족 구성원 수가 적어지는 상황에서 이 역시 쉽지는 않다. 환자가 혼자 다녀야 하는 경우도 적지 않다.

실제 항암 치료를 하고 나서 대중교통을 이용해도 되는지, 운전을 해도 되는지 물어보시는 분들이 많다. 보통 환자가 스스로

운전하는 것은 권하지 않는데, 그건 음주 또는 수면 부족 시에 운전을 하지 않는 이유와 같다. 항암 치료 직후에 어지럽거나 구토를 하는 일도 종종 일어나기 때문에 스스로 운전하는 것은 위험한 일이다. 다른 누군가가 운전을 해주거나, 대중교통을 이용하더라도 누군가와 동행하는 것이 안전하다.

통원 치료를 도울 가족이나 지인이 없다면, 비용 부담이 있기는 하지만 최근 몇몇 스타트업에서 론칭한 '병원 동행 서비스'를 이용하는 것도 도움이 된다. 몇몇 지방자치단체에서는 1인 가구 대상 병원 동행 서비스도 운영하고 있으니 알아보면 좋겠다.

3. 직장 일정 상의하기

항암제 주사는 대부분 외래에서 투약된다. 짧으면 몇 분, 길면 6시간 이상 병원에 있어야 하는 경우도 흔하다. 입원해서 항암제를 맞게 되면 짧게는 1박 2일, 길면 5박 6일까지 걸리기도 한다. 병원에 와서 혈액 검사를 하고 대기하는 데 보통 2시간이 걸리고, 결과가 나오면 진료를 보고, 주사실 자리가 날 때까지 또 대기를 거쳐야 하기 때문에 거의 온종일 걸린다고 보면 된다.

그래서 직장 생활을 하고 있다면 일정 조정이 불가피하다. 직장의 휴직이나 병가 규정을 알아보고 필요한 서류가 무엇인지 미리 확인해서 외래 진료를 볼 때 요청하도록 하자. 대개 항암 치료를 하는 동안은 휴직을 권유한다. 그러나 휴직이 어려운 직장이라면 중간중간 병가를 내어 치료를 받고 직장 생활을 유지하는 경우도 있다.

항암 치료와 직장 생활을 병행하는 것은 어렵긴 해도 부작용을 심하게 겪는 경우가 아니라면 불가능한 것은 아니다. 물론 항암제의 종류, 스케줄에 따라 많이 달라지기 때문에 담당 의사와 상의가 필요하다.

✚ 4. 예방접종은 미리미리

항암 치료는 일반적으로 백혈구 수를 떨어뜨려 우리 몸의 저항력을 약화시키므로 이에 대한 대비가 필요하다. 항암 치료 전에 챙겨서 맞아야 할 예방접종은 매년 가을철에 맞는 인플루엔자 예방접종, 그리고 폐렴구균 예방접종이다. 항암 치료 전에 맞는 것이 가장 좋고, 항암 치료 중이어도 접종이 가능하다.

폐렴구균은 23가 백신과 13가 백신이 있다. 국가예방접종 프로그램의 일환으로 65세 이상 대상자에게는 23가 백신을 무상으로 접종하고 있는데, 암 환자는 대체로 13가 접종까지 둘 다 맞도록 권장하고 있다. 13가 백신인 프리베나는 건강보험급여 대상이 아니어서 다소 가격이 있기는 하지만 효과가 불분명한 각종 건강 기능 식품이나 면역 증강제들보다는 훨씬 나은 효과를 지녔다고 할 수 있다. 13가와 23가는 일정 간격을 두고 맞아야 하므로 접종 시기에 대해서는 담당 의사와 상의하도록 하자.

코로나19 팬데믹 시대, 암 환자가 접종해야 할 백신이 하나 더 늘었는데, 코로나 백신도 항암 치료 전 또는 치료 중이어도 꼭 챙겨서 맞아야 한다. 앞으로 몇 번 더 맞아야 할지는 모르지만, 유행 상황에 따라 추가 접종이 권고된다면 항암 치료 중인 암 환자는 일단 접종 대상 1순위에 들어간다.

유전자 재조합 대상포진 백신인 싱그릭스도 항암 치료 전 접종을 권장한다(조스타박스는 살아 있는 바이러스를 접종하는 생백신이라 권장하지 않는다). 이것은 최근 출시되었고 역시 비급여라 폐렴구균 백신보다 더 비싸다. 하지만 암 환자들이 많은 돈을 지출해 복용하는 정체불명의 식품에 비해서는 투자할 만한 가격이라 생각한다. 항암 치료 중 대상포진을 앓아 몇 주간 치료가 연기되는 경우는 허다하고, 통증이 지속되거나 드물게 전신성 파종성 대상포진으로 악화되어 중증 질환이 되는 경우도 있으니 말이다.

✚ 5. 치과 검진 받기

나 또한 과거에는 치아 건강에 그리 신경 쓰지 않던 사람이었고, 지금도 잘 관리한다고 자신하기는 어렵다. 그러나 30대 이후부터는 종종 치실질도 하고, 1년에 1~2회씩은 스케일링도 하고 검진도 받고 있다. 진료하면서 환자들이 치과적 문제를 겪는 모습을 많이 보았기 때문이다.

많은 항암제가 구내염을 일으키고 잇몸을 헐게 해 염증을 악화시킨다. 치아가 건강했던 사람들도 고생하게 되는데, 치아나 잇몸이 안 좋은 사람이라면 더 힘든 것은 당연하다. 잇몸 염증이 심해지면 통증이 악화하면서 먹을 수가 없게 되고, 안 그래도 항암 때문에 입맛 떨어지는데 더 못 먹고, 그러다가 영양실조, 탈수, 급성 신손상 같은 위중한 합병증이 연속으로 오기도 한다. 합병증이 생기면 다음 항암 치료가 미뤄지거나 용량을 줄일 수밖에 없고, 그러다 보면 항암제의 효과도 떨어질 수밖에 없다. 고생은 고생대로 하는데 항암제의 효과는 제대로 보지 못하는 안타까운 경우다.

그래서 가능하면 항암 전에 치과 검진을 받아놓고, 간단히 할 수 있는 치료(발치, 스케일링 등)가 있다면 미리 하기를 권한다.

❀ 6. 무엇을 먹을 것인가

"항암 치료를 시작하면 어떻게 먹는 게 좋을까요?"라는 질문은 가장 흔한 질문이면서도 가장 대답하기 난감하다. 무엇보다 의사는 영양 전문가가 아니어서 구체적인 답을 하기 어렵고, 그런 이유로 영양사와의 상담 때 자세히 물어보시기를 권한다.

항암 치료를 받는 환자들은 오심, 구토, 변비, 설사 등 여러 소화기계 문제를 겪기 때문에 영양 결핍 상태가 되기 쉽다. 그러나 영양 결핍을 단번에 해결해줄 수 있는 식품이 있는 것은 아니다. 엔커버, 하모닐란, 뉴케어 등의 영양 보충 음료가 종종 도움이 되고, 어떻게든 영양 요구량을 채울 수 있는 좋은 방법인 건 맞다.

그러나 영양 보충 음료가 기호에 잘 안 맞는 이들도 꽤 있고, 이것만으로 삼시 세끼를 먹고 살 수는 없는 일이다. 결국 자신의 입맛에 맞는 음식을 스스로 찾을 수밖에 없다. 특히 조리가 쉬워야 한다. 항암 치료를 하는 환자는 조리에 에너지를 많이 들일 수 없기 때문이다. 장 보기도 어려울 수 있으니, 힘들 때는 간편식이나 환자용 도시락 배달 서비스를 이용하는 것도 괜찮은 대안이다.

✚ 7. 기저질환 관리

항암 치료를 하면서 기존에 복용하던 혈압약, 당뇨약을 계속 복용해도 되느냐고 묻는 분들이 많다. 물론 다약제로 인해 부작용이 발생하거나, 약의 상성으로 인해 어떤 약은 다른 약과 함께 먹으면 좋지 않을 수 있다. 하지만 암 치료를 받는다고 해서 혈압이나 당뇨를 관리하지 않을 수는 없다. 혈압이 저절로 떨어지고 당뇨가 저절로 좋아지는 게 아니다. 특히 당뇨는 항암 치료를 받으면 대부분 일시적으로 악화하기 때문에 약을 더 잘 챙겨 먹고, 좀 더 신경 써야 한다. 혈압의 경우 보통 수술하고 금식하며 체중이 빠지다 보면 일시적으로 떨어져 약을 끊는 경우가 종종 있는데, 체중이 원상복귀되면 혈압이 다시 오르게 되므로 그때는 다시 복용을 시작해야 한다.

B형 간염 바이러스 보유자의 경우에는 간 수치가 정상이더라도 예방적 항바이러스 치료가 필요하다. 항암제로 인해 면역기능이 떨어지면 잠자고 있던 간염 바이러스가 깨어나면서 간염이 악화될 가능성이 있기 때문이다.

✱ 8. 분비물 및 체액 주의

세포독성 항암제cytotoxic chemotherapy는 분열과 증식이 빠른 암세포의 성질을 이용하는 약제로, 암세포의 DNA를 직접 또는 간접적으로 손상시키는 것을 작용기전으로 한다. 그러나 이는 정상 세포의 DNA에도 영향을 줄 수 있음을 뜻한다. 몇몇 항암제는 그 자체가 정상 세포의 DNA를 손상시켜 암을 발생시키기도 하고, 생식 세포를 손상시켜 불임을 유발할 수도 있다. 그러므로 항암제를 직접 다루는 약사나 간호사들은 자신의 피부나 호흡기가 항암제에 노출되지 않도록 매우 주의해서 다루고, 필요시 보호장구를 착용하기도 한다.

항암 치료 후 48시간 이내에는 항암제 성분의 일부가 몸의 분비물(소변, 대변, 구토물, 기타 체액 등)에 섞여서 나올 수 있는데, 이를 제대로 처리하지 않으면 가족들이 항암제 성분에 노출될 수 있다. 그러므로 변기에 분비물을 흘려보낼 때 주변에 튀지 않도록 하며, 용변 후에는 가급적 자주 변기 주변이나 세면대 등을 깨끗이 세척하는 것이 좋다. 만약 집에 화장실이 두 개라면 치료 후 48시간 동안은 가족(특히 어린이)과 따로 쓰는 것이 안전하다. 보통 48시간이 경과하면 대부분이 배설되어 나온 이후이기 때문에 비교적 안전하다.

✚ 9. 체온계 준비

치료 후 집에 있는 동안 열이 났다고 하는 사례가 많은데, 몇 도였냐고 여쭤보면 "안 재봤다, 집에 체온계가 없다"고 대답하시는 환자들이 꽤 있다. 체온과 혈압은 정기적으로 재서 스마트폰에 기록하거나 적어서 병원에 가져가면 의료진이 환자에 대해 파악하는 데 도움이 된다. 물론 향후엔 스마트 디바이스를 통한 원격 환자 모니터링remote patient monitoring이 병원의 전자의무기록에까지 반영될 것으로 기대되지만, 아직은 그런 시대가 아니다. 또한 체온 측정은 측정 방법마다 장단점이 있고 측정 오차가 클 수 있기 때문에, 한 가지 방법으로 (예를 들어 겨드랑이에서 체온을 재면 계속 겨드랑이에서 재고, 고막 체온계를 썼으면 계속 고막 체온계를 쓰는 등) 지속적으로 측정해야 체온의 변화 추이를 판단하기가 쉽다.

🔆 10. 가발 또는 모자, 준비해야 할까?

항암 치료 시 탈모에 관해 물어보시는 분들도 꽤 있는데, 그건 약제에 따라 다르다. 대장암이나 위암에서 사용되는 이리노테칸, 폐암이나 유방암에서 사용되는 파클리탁셀, 유방암 및 육종에서 사용되는 독소루비신 같은 항암제는 대부분 탈모를 일으킨다. 하지만 젬시타빈, 옥살리플라틴, 5-FU 등은 상대적으로 탈모가 적다. 대부분의 표적 항암제나 면역 항암제는 탈모가 거의 없다. 그래서 암 환자의 이미지도 예전과는 많이 달라졌다. 대부분이 머리카락이 다 빠져 파르라니 깎은 민머리를 암 환자의 대표적인 이미지로 떠올리지만, 머리칼이 수북해서 주변에선 환자인 줄 모른다고 말하는 분들도 많아졌다.

탈모가 심한 약을 투여받는다고 해도 미리 삭발하고 가발을 구입할 필요까지는 없다(하지만 헤어스타일에 신경이 많이 쓰인다면 하나 정도 구매하는 것도 나쁘진 않다). 가발은 대체로 고가이니 좀 더 시간을 두고 고민해보고, 먼저 예쁜 모자를 하나 구매해보는 것은 어떨까. 치료를 받는 마음은 착잡하지만, 약간의 기분 전환이 될 수도 있다.

항암 치료 중
내 몸 관찰하기

의사들은 치료가 효과가 있는지, 그리고 안전하게 치료가 되고 있는지를 어떻게 알까? 항암 치료라면 종양의 크기가 얼마나 줄어들었는지, 종양표지자가 얼마나 감소했는지를 볼 것이다. 폐렴 치료라면 열이 떨어졌는지, 염증 수치가 좋아졌는지, 엑스레이에서 뿌옇게 변한 부분이 좋아졌는지, 세균 배양 검사에서 세균이 사라졌는지를 확인할 것이다.

그러나 의사가 검사 결과만으로 환자의 몸을 투명하게 다 들여다볼 수 있을 리는 없다. 특히 질병으로 인한 증상이 어떤지, 이로 인한 일상생활의 불편이 어느 정도였는지는 오직 환자 자신만이 안다. 게다가 치료의 궁극적인 목표는 암을 줄이고 염증을 없애는 것을 넘어 환자를 편안하게 만들어주는 것이 아닌가. 그러니 환자 본인의 상태를 의사에게 잘 전달하는 것은 효과적인 치료를 위해서도 매우 중요하다.

문제는 어떻게 '잘' 전달할 것이냐다. 악마는 디테일에 있다고 했던가. 너무 간단해도 안 되지만, 너무 복잡해도 안 된다. 환자들 중에는 매일 일기를 쓰듯 언제 뭘 먹었고 어떤 증상이 있었는지를 A4 몇 페이지에 세세하게 적어서 내미시는 분들이 있는데, 물론 세심하게 본인의 몸을 살피는 것은 좋지만 그걸 의사가 다 보기는 어렵다.

사실 환자의 상태를 알아내는 것은 환자 본인보다는 의사의 일이다. 적절한 질문을 던져 환자의 상태를 파악해나가는 것을 '병력 청취history taking'라고 하는데, 임상 의사가 갖춰야 할 기본적인 기술이다. 예를 들어 통증의 경우 어디가 어떻게 아프고 시간에 따라 어떻게 변하며 특정 자세나 상황에서 더 악화되는지 완화되는지 등을 물어보아야 통증의 원인을 파악하고 적절한 치료 계획을 세울 수 있다. 의과대학생들이 모의 환자를 대상으로 진료를 하는 실기 시험을 볼 때는 이것 중 하나라도 빠뜨리면 감점이다. 하지만 바쁜 진료실에서 이걸 다 물어보기는 힘들기 때문에, 부끄럽고 안타까운 일이지만 환자가 먼저 얘기하지 않는 한은 먼저 묻지 않고 표정이나 외관으로 대략 파악하는 경우가 대부분이다.

그래도 환자가 평소에 자신의 몸에 관심을 가지고 살피면 환자 자신에게도, 의사에게도 도움이 될 만한 내용을 정리해보았다.

✚ 체온 재고 기록하기

코로나 팬데믹 이후 체온계를 사용하는 것은 누구나 하는 매우 익숙한 일이 되었지만 아직도 "열감이 좀 있었어요" 정도로만 말하고 재보지는 않았다는 환자들이 많다. 물론 항상 체온계를 지니고 있을 필요는 없지만, 적어도 면역 기능이 떨어질 수 있는 항암 치료를 받는 중이라면 체온계는 지니고 다니면서 몸 상태가 변화할 때 재보는 것이 좋다. 체온은 겨드랑이, 고막, 구강이 각각이 다르고 접촉식과 비접촉식 체온계로 재는 것이 또한 다른데, 중요한 건 같은 방법으로 여러 번 측정하는 것이다. 일정한 방법으로 몸 상태 변화에 따라 체온을 재서 스마트폰에 입력하면 병동에서 간호사들이 그리는 것 같은 훌륭한 활력징후 그래프가 만들어져 한 번에 상태를 파악하기 쉽다.

일반적으로는 항암 치료를 받고 있는 환자의 경우 38도 이상의 발열이 1시간 이상 지속되는 경우 혈액 검사를 해보고 백혈구가 떨어진 경우엔 항생제를 시작해야 한다. 면역 기능이 약해진 틈을 타서 발생한 세균 또는 곰팡이균에 의한 감염 질환의 가능성이 높기 때문이다.

물론 감염 외에도 암 환자에게 열이 나는 이유는 많다. 암 자체로 인한 발열일 수도 있고, 약제 중에 발열을 일으키는 약들도 있다. 그런 여러 요인 중 열이 나는 이유를 파악하려면 역시 열이 나는 패턴을 알 필요가 있고, 두루뭉술하게 말로 설명하기보다 의사에게 스마트폰의 그래프를 보여주면 훨씬 효율적일 것이다.

✚ 통증

암의 가장 중요한 증상 중 하나는 통증이다. 암 자체로 인한 통증도 있고, 치료의 후유증으로 인한 통증도 있다. 심리사회적 고통이 이 통증을 더 악화시키기도 한다. 암 치료의 중요한 목표는 이 통증을 경감시키는 것이지만, 통증은 우리가 체온처럼 정량적으로 측정할 수 있는 것이 아니니 환자의 주관적 평가가 무엇보다 중요하다.

통증과 관련해서 의료인과 이야기할 때 가장 효율적인 방법은 '숫자 통증 등급numeric rating scale'을 이용하는 것이다. 사실 숫자 통증 등급은 의료 기관에서 환자들에게 워낙 많이 설명해

서 요즘은 일반인들도 대체로 잘 알고 있는데, 그럼에도 불구하고 자신의 통증이 몇 점인지 말해달라고 하면 대답을 잘 못하는 분들이 많다.

"아니 몇 점인지 잘 모르겠는데……. 뭐라고 해야 하나?"

그런 분들을 위해 예시를 종종 들고 있다. 여성이라면 출산 시의 통증이 보통 9-10, 좀 나이가 있는 분들께는 학교나 군대에서 얼차려나 심한 체벌, 단체기합을 받을 때의 통증이 6-7 정도라고 말씀을 드리긴 하지만 이것도 다 개인에 따라 다르고 어디까지나 예시일 뿐이다. 정답은 없으니 자신이 느끼는 대로 이야기하면 된다.

통증은 한 시점뿐만 아니라 연속적인 측정이 중요하다. 항암 치료의 효과가 있어서 암 덩어리가 줄어들면 통증도 호전될 것이다. 또한 진통제를 써서 통증이 줄어들 수도 있다. 의사가 이 변화를 아는 것은 매우 중요하다. 이후 항암제나 진통제를 어떻게 쓸지 결정하는 데 중요한 단서가 되기 때문이다.

의사들도 진료실에서 통증을 제대로 파악하지 못하는 경우는 상당히 많다. 얼마 전부터는 간호사들의 도움으로 환자들이 숫자 통증 등급을 대기실에 비치된 전산 장비로 미리 입력하고 진료실에 들어오도록 하고 있는데, 그 이후 이전에 비해 내가 잘 모르고 지나가던 환자의 통증을 알게 된 경우가 많았다. 근육통이 대표적인 부작용 중 하나인 표적 항암제를 복용하던 한 환자는 암이 줄어들었다는 나의 말에 늘 생글생글 웃기만 하던 분이었는데, 알고 보니 7등급의 통증이 있다고 입력해놓은 것이 아닌가. 자세히 물어보니 꽤 예전부터 아팠고 불편하긴 했지만 그러려니 하고 지냈다는 것이다. 병은 많이 좋아진 상황이라 약을 잠시 쉬거나 용량을 줄여도 되는데. 약을 한 달 정도 쉬니 근육통은 호전되었고 환자는 활동이 훨씬 자유로워졌으며, 이후에는 약의 용량을 줄여서 다시 시작할 수 있었다.

✚ 디스트레스: 괴로움 지수

'디스트레스distress'라는 말은 대부분의 일반인에게 익숙한 단어가 아니다. 스트레스면 스트레스지 디스트레스는 뭐란 말인가?

스트레스는 디스트레스보다는 중립적인 단어다. 몸과 마음에 가해지는 부담 그 자체를 스트레스라고 한다면, 스트레스로 인한 결과는 긍정적일 수도 있고 부정적일 수도 있다. 일정 정도의 스트레스를 견디면서 성장도 하고 신체의 기능도 나아지며 마음도 더 단단해지지 않는가? 반면 항상 그 스트레스로 인해 고통과 불편한 느낌을 갖게 될 수도 있는데, 이를 디스트레스라고 부른다. 슬픔, 두려움, 우울, 불안, 고립감, 취약감, 나아가 자신의 존재에 대한 의문과 허무감까지 아우르는, 한마디로 요약한다면 '괴로움'이 아닐까 싶다.[3]

이 디스트레스를 앞의 '숫자 통증 등급'처럼 0-10점 사이의 점수로 표현하는 '디스트레스 온도계'가 있다. 실제 체온처럼 기계로 재는 것이 아니라 환자가 본인이 얼마나 괴로운지를 스스

---

3)　전 세계의 의료인들이 참고하는 암 치료 가이드라인을 매년 발표하는 미국 종합암네트워크(National Comprehensive Cancer Network, NCCN)에서는 1999년부터 암 환자의 디스트레스 관리에 대한 지침을 펴내고 있다. 이 지침에 의하면 디스트레스의 정의는 "암 환자들이 느끼는 심리사회적, 정신적, 신체적인 불쾌한 느낌으로서 암 치료 과정을 잘 견뎌내기 어렵게 하는 요인"이다. 국립암센터와 대한의료사회복지사협회에서 펴낸 가이드북 〈암 환자와 디스트레스〉에서는 다음과 같이 설명한다.
　"흔히 느끼는 취약한 느낌, 슬픔, 두려움과 같은 감정에서부터 우울, 불안, 공황, 사회적 고립, 그리고 실존적이고 영적인 위기와 같은 문제에 이르기까지의 연속선상에 있는 다양한 수준의 모든 감정을 포함한다." 영어권에서 굳이 이를 생소한 단어인 '디스트레스'라고 부르는 이유는 영어로도 심리사회적, 정서적, 정신과적 문제라고 말할 때 환자들이 위축되고 낙인이 찍히는 듯한 느낌을 받기 때문이라고 하며, 환자가 주관적인 괴로움을 스스로 평가해 점수를 매기기 쉬운 단어이기 때문이라고 한다. 우리 학계에서도 이를 그대로 번역해 '디스트레스'라고 부르지만, 환자와 소통하려면 적절한 우리말이 있어야 할 것 같아 이 책에서는 '괴로움'이라고 표현했다.

로 평가하는, '괴로움 지수'다. 외국의 여러 병원들은 키오스크 시스템으로 환자들에게 스스로 디스트레스를 평가하게 하고 점수가 높은 환자들에 대해서는 사회복지사의 상담과 심리 평가가 진행된다. 디스트레스의 원인이 될 만한 통증, 수면 장애, 불안, 우울, 가족이나 동료와의 관계, 재정적 상황 등등 여러 신체적·정신적·사회적·영적 문제들을 종합적으로 평가하고 필요한 경우 전문가에게 의뢰하는 시스템이 갖춰져 있다. 우리나라에서도 몇몇 병원에서 디스트레스 평가를 진료에 도입하기 시작했지만, 아직 초기 단계다. 사실 나도 디스트레스를 진료실에서 직접 평가하고 상담을 한 적은 없다. 하지만 병원에서 물어보지 않더라도 환자가 스스로 디스트레스, 즉 '괴로움 지수'를 매겨보는 것은 자신의 상태를 파악하는 데 도움이 된다.

사실 환자가 아니더라도 일상의 스트레스나 인간관계, 일 등으로 힘든데 힘든 줄도 모르고 '원래 그런 건가 보다' 하며 지내는 사람들이 많고, 솔직히 나도 예외는 아니다. 그런데 이 힘든 것에 점수를 매기다 보면 생각보다 차분해지고 상황을 객관적으로 보게 되며, 자신을 되돌아보는 계기가 되기도 한다. 나중에 추이를 보면 자신의 상태가 어땠는지 좀 더 객관적으로 한눈에 볼 수 있기도 하다.

스스로 평가한 디스트레스 점수가 지속적으로 6점 이상의 높은 점수가 나오면 일반적으로 전문적인 도움이 필요한 정도의 심한 디스트레스 상태로 평가한다. 그럴 땐 담당 의사에게 도움을 청하는 것이 좋다. 종종 암으로 인한 신체적 증상만으로는 설명이 안 되는 고통스러운 표정을 하고 있는 분들에게 물어보면 우울이나 불안이 위험 수위인 경우도 있고, 가족 간의 갈등, 금전적 문제로 힘들어하는 분들도 있다. 이런 문제까지 의사에게 알릴 필요는 없다고 생각할 수도 있다. 그러나 우리의 몸과 마음, 사회적·정신적 문제는 사실 모두 연결되어 있기 때문에, 그런 경우엔 대개 힘든 항암 치료를 잘 견뎌내기 어려워진다. 종종 정신건강의학과 협진을 통해 상담이나 약물 치료로 상당 부분

| NCCN 디스트레스 온도계

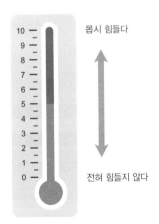

10 — 몹시 힘들다
9 —
8 —
7 —
6 —
5 —
4 —
3 —
2 —
1 —
0 — 전혀 힘들지 않다

지난 일주일 동안 경험한 디스트레스의 정도를 가장 잘 표현하는 숫자에 표시해주십시오.

호전될 수도 있고, 또는 병원의 사회복지팀에 연계해 지원을 받을 수 있는 복지 제도나 자선기금을 알아볼 수도 있다.

✚ 항암제 부작용

항암제의 부작용은 약제마다 그리고 그 약제의 조합마다 천차만별이므로 여기서는 부작용에 대해 일일이 언급하지는 않는다. 그러나 부작용의 정도에 관한 문제는 한번쯤 짚어봐야 할 부분이다. 항암 치료 시 주의해야 할 점에 대해 환자들에게 설명을 하다 보면 "부작용이 얼마나 심해지면 병원에 와야 하나요?"라는 질문을 자주 받는다. 이것도 증상에 따라 그리고 환자의 상황에 따라 다르므로 한마디로 대답할 수 없는 어려운 질문이다.

미국 암 연구소에서 제정한 항암제의 부작용을 객관화해 측정하는 기준인 〈이상반응에 대한 공통 용어 기준CTCAE: common terminology criteria for adverse events〉은 항암제 부작용을 크게 4단계로 나눈다. 1단계는 경미mild, 2단계는 중등도moderate, 3단계는 중증severe, 4단계는 생명을 위협life-threatening하는 단계다. 대체로 이 단계를 나누는 원칙은 일상생활adcitivities of daily living: ADL을 유지할 수 있는지 여부다. 일상생활의 가능 여부는 암뿐만 아니라 치매, 심폐질환 등 여러 만성 질환의 중증도를 나타내는 척도가 된다.

1단계는 평소 하던 일상생활을 모두 할 수 있는 단계다. 2단계는 도구적 일상생활(장보기, 외출하기, 집안일 하기, 요리, 취미 생활 등)이 어려운 상태다. 3단계는 자신을 돌보는 기본적인 일상생활(식사하기, 씻기, 용변 처리, 옷 갈아입기)이 어려울 때로 이 정도가 되면 대체로 입원 치료가 필요한 상황이라고 볼 수 있다. 4단계는 즉각적인 의료 조치가 없이는 맥박, 호흡 등 바이털 사인이 유지되지 않아 생명을 유지하기 어려운 때로 상당수는 중환자실 치료가 필요하다.

물론 부작용이 몇 단계인지 파악하는 것은 의료진이 할 일이지 환자가 할 일은 아니다. 일단 못 견디겠다 싶으면 병원에 가는 것이 맞다. 하지만 이 단계를 매기는 원칙을 알아두면 본인의 증상을 의료진에게 말할 때 좀 더 원활하게 의사소통을 할 수 있다. 그냥 '심했다'고 말하는 것보다는 증상으로 인해 본인의 생활 중 어떤 부분이 제약을 받았는지를 말하면 의료진이 증상이 얼마나 중증인지를 파악하는 데 도움이 된다.

✚ 체중

체중이 감소하는 것은 암의 대표적인 증상이다. 비만도 암 발생 및 재발의 중요한 위험 요인이 되기도 한다. 그러니 암 환자들은 체중이 늘어도 걱정, 줄어도 걱정이다. 그럼 어떻게 해야 하는가? 체중을 늘려야 하는가? 아니면 줄여야 하는가? 사실 체중과 암 발생, 재발, 부작용과의 연관성에 대한 연구는 이미 많이 이루어져왔고 암종마다 그 연관성은 조금씩 다르니 이를 한마디로 요약하기는 어렵다. 굳이 한마디로 요약하자면 '적정 체중 유지'라는 누구나 할 수 있는 말이 될 것이다.

항암제를 처방하는 입장에서 이야기하자면 비만이든 저체중이든 '급격한 변화'는 조심해야 한다. 현재 체중이 적정 체중(보통 체질량지수 18.5~23 사이이며, 체질량지수는 체중kg을 키m의 제곱으로 나눈 값이다)이든 아니든 간에 한 달에 5퍼센트 이상의 급격한 변화는 대체로 몸의 이상을 동반하는 경우가 많다. 예를 들어 치료를 시작할 때 70킬로그램인 사람이 3.5킬로그램 이상 빠지거나 찌는 것은 문제가 있다는 것이다.

보통 항암 치료 중 체중이 줄어드는 이유는 식사를 제대로 못하거나 구토, 설사 등으로 수분이 부족해서인 경우가 가장 흔하다. 어떤 이들은 암을 치료해야 한다는 생각에 극단적인 채식이나 저염식을 하다가 체중이 줄기도 한다. 한편 갑작스러운 체중 증가는 암의 진행 또는 약의 부작용으로 인한 복수나 부종 때문인 경우가 많다. 그러므로 5퍼센트 이상의 변화가 있으면 의사에게 말하고, 체중이 일정 범위 내에서 유지되도록 평소 주 1~2회 이상은 하루 중 일정한 시간에 체중을 재어 관리하는 것을 권장한다. 물론 체중 변화가 기저값의 5퍼센트 이상이면 항암제 용량을 변경해야 하므로 대부분의 병원에서는 전산 입력 시스템으로 걸러지기는 하지만, 환자 자신이 관심을 가지고 의사에게 체중 변화에 대해 적극적으로 알려주면 보다 정확하게 환자의 상태를 확인할 수 있다.

대체로 체중은 금식과 급격한 에너지 소모를 동반하는 수술 전후로는 빠졌다가 이후 회복하며 느는 경향이 있다. 수술 후 재발 예방을 위한 항암 치료를 받는 환자의 경우 체중이 느는 것을 걱정하는 분들이 있는데, 대체로는 수술 전 체중으로 원상복귀하는 상황인 경우가 많다. 한편 암의 종류에 따라서도 체중 변화 양상은 큰 차이가 있다. 음식을 삼키고 소화시키는 과정에서 많은 문제가 발생하는 식도암, 두경부암, 췌장암은 영양 불량 상태에 빠지기 쉬워서 영양 요구량을 가급적 채울 수 있도록 식사와 영양 보충 음료 섭취에 신경을 써야 한다. 체중 감소가 심한 경우에는 담당 의사 또는 영양사와의 상담을 통해 영양 섭취 계획을 점검할 필요가 있다.

백영애 선생님은 암 환자 간호 경력만 20년이 넘는 베테랑이
다. 암병동과 외래 항암주사실에서 근무했고, 종양 전문 간호사
자격과 간호학 석사 학위를 소지했다. 항암 치료를 시작하는 암
환자를 상담하는 현재의 일을 시작한 지는 10년이 넘었다. 진료
실에서 의사가 항암 치료 약제와 용량을 결정하면 그 치료의 부
작용과 주의사항에 대해 일대일 교육을 하는 것이 그의 일이다.

항암 교육, 치료 과정에 대한 이해가 우선

김 환자분들 교육이 어떻게 이뤄지는지 궁금해요. 하루에
교육해야 하는 환자분들만 해도 수십 명은 될 텐데, 실제로 환

자마다 80분[4]을 다 교육하기는 어려울 것 같거든요.

백 항암 교육 동영상을 시청하는 시간도 포함되니까 다 합치면 80분 정도는 됩니다. 특히 처음 오시는 분들의 경우, 항암제뿐만 아니라 항암제 치료를 위해 필요한 중심정맥관 시술, 유전자 검사, 이런 것들도 다 보충 설명을 하다 보면 실제 환자당 20~30분 이상 걸리죠. 물론 두 번째 또는 세 번째 오시는 분들은 대체로 치료에 대해서는 어느 정도 아시니까 간단히 설명드리지만, 암 진행으로 인한 충격을 좀 덜어드리려는 노력을 하다 보면 15분 이상은 걸리는 것 같아요.

김 그래도 진료실에서보다는 많은 시간을 들여 설명해주고 계셔서 다행이란 생각이 드네요. 하지만 환자들이 그 많은 내용을 다 이해할 수 있을지 의문일 때가 있어요.

---

4) 건강보험공단에서는 '암 환자 교육 상담료'라는 이름으로 환자당 약 4만 원의 수가를 지급한다. 간호사뿐만 아니라 영양사, 의사가 교육한 시간이 도합 80분이 넘어야 지급된다. 암 환자들은 진료비의 5퍼센트만 내도 되는 산정 특례 적용이 되기 때문에 실제 본인 부담금은 약 2,000원 정도다.

백 물론 이해하기 어렵죠. 하지만 환자들의 이해력의 문제는 아니에요. 요즘은 교육 수준도 높아지고 인터넷 등 정보를 쉽게 접할 수 있어서 미리 공부하고 오시는 분들도 많거든요. 다만 암 진단으로 심리적으로 위축되어 있고, 대형 병원의 구조는 위압적이고, 긴장된 마음으로 진료를 받다 보니 그 내용을 머릿속으로 아직 받아들이지를 못한 상태인 거죠. 게다가 진료 후 안내되는 다음 일정이 너무 많은 거예요. 각종 검사, 여러 상담실, 수납, 약국, 치료실까지 여러 직원들이 제각각의 내용을 설명하죠. 직원들이 가급적 쉬운 용어를 사용해서 설명해드리려고 노력하지만 그래도 그들이 쓰는 단어조차도 생소하게 느껴지실 거예요. 우리에겐 일상적인 일이어서 쉽게 느껴지지만, 그들에겐 그렇지 않잖아요. 똑똑한 사람도 바보가 되어버리는 느낌을 받게 하는 곳이 병원인 것 같아요.

김 그렇군요…….

백 사실 처음엔 저도 항암 치료의 부작용에 대해 어떻게든 환자에게 더 많이 설명하고 이해시키려고 노력했어요. 그런데 문득 환자를 보니까 전혀 이해한 눈빛이 아니더라고요. 아 구토가 날 수 있고 설사가 날 수 있고 이런 내용들이 이분들 머리에는 들어오지 않는구나. 사실 암 진단을 받고 얼마나 머릿속이 복잡하겠어요. 환자 입장에서 생각해보면 정말 정신이 없죠. 가령 암이 진행되어 외과 수술이 어려워 종양내과로 보내진 분이라면 이미 요즘 말로 멘붕 상태일 가능성이 커요. 그런데 종양내과에서는 진료를 보고 나서 항암 교육 받으세요, 영양 교육도 받으세요, CT 예약은 여기 가서 하세요, 원무과에 수납하시고요, 약은 병원 안에서 받아야 하는 것도 있고 외부 약국 가서 사야 하는 것도 있고…….

김 그렇군요. 저도 모르는 과정은 아닌데 하나하나 다 밟아 나갈 생각을 하니 제가 생각해도 아득한 것 같아요. 저도 가끔 환자로서 진료를 보러 오면 어디부터 가야 하는지 헷갈리더라고요.

백 그래서 환자들이 제 방에 왔을 땐 이미 항암제 설명을 듣기에는 머리에 과부하가 걸려 있어요. 교육을 받을 마음의 준비가 되어 있지 않은 거예요. 그런 상황에서 '이 환자에게 오늘 항암 치료 부작용에 대해 설명하는 것이 꼭 필요한가?'를 스스로에게 물어보면 그렇지 않을 때가 많아요. 부작용에 대해 미리 아는 것도 중요하지만, 대부분 처음엔 심한 부작용 없이 넘어가는 경

우가 더 많긴 하잖아요.[5]

항암 치료가 단 1회로 마치는 것이 아니고 2~3주마다 짧게는 3개월, 길게는 기간을 한정하지 않고 지속해야 하는 치료이니, 1차를 해보면 '아~ 항암 치료라는 게 이런 거구나', '몸의 변화가 이렇게 생기는구나', '아~ 생각보다 견딜 만하구나' 또는 '항암 치료라는 게 만만하지 않구나. 힘들구나' 등 실제 경험으로 그 상황이 이해되고, 이후 반복될 치료와 증상에 대해 대처하는 힘이 생기는 것 같아요. 그러면서 축적되는 증상, 새로 나타나는 증상 등은 매 진료마다 상의하게 되고, 질문하게 되고 조절받게 되면서 항암 치료 과정을 버텨내시거든요. 처음부터 다 알고 시작할 순 없어요. 이런 전반적인 치료의 과정을 이해시키는 게 중요하지, 부작용에 대해 일일이 자세하게 설명하는 게 당장은 그리 중요하진 않다는 생각이 드는 거예요.

그래서 저는 처음 온 환자라면 오늘 병원에서 거쳐야 될 절차를 다 거치고 가려면 어떻게 해야 하는가를 설명하는 데 집중해요. 이 치료를 왜 하고, 그러려면 무엇이 필요하고, 시술은 언제

---

5) 처음 진단받은 환자들은 체력이 비교적 양호할 때 치료를 시작하게 되므로 예상보다 부작용이 심하지 않은 경우가 많다. 그러나 재발, 전이암 환자들은 치료를 반복하면서 말기에 접어들수록 부작용이 더 많이 생긴다.

하고, 항암은 언제하고, 다음 진료 때 검사는 언제 미리 해야 하고 등등을 강조해서 다시 한번 설명해요. 그렇지 않으면 시술해야 하는 날 안 오시고, 피 검사 미리 해야 하는데 안 하고 기다리고 계시고, 그런 일들이 종종 일어나요.

김 그렇군요. 저는 환자들이 의외로 생각보다 복잡한 절차를 놓치지 않고 잘 따라오신다고 생각하고 있었어요. 그런 노력들이 있었던 거군요.

백 제가 하는 일을 바로 이해시키기는 쉽지 않아요. 설명드리다 보면 한 문장 뱉을 때마다 자꾸 질문을 하시기도 하고, 또 흐름과 무관한 말씀을 자꾸 하시기도 해서 한정된 시간 안에 효율적으로 상담을 할 수가 없더라고요. 가끔은 여기는 뭐 하는 방이냐고 물으시는 분들도 계세요. 그래서 상담을 시작할 때 어떤 내용을 들으시기 위해서 여기 오셨는지를 정확히 말씀드리고, 가능하다면 질문은 우선 제 이야기를 다 들으신 이후에 말씀해주시도록 양해를 구해요. 전체적인 과정을 알아야 다음 치료 때 몇 시에 집에서 출발해야 하고, 차표를 언제 끊어놔야 할지 등을 결정할 수 있으니까요. 일단은 소위 주입식으로라도 치료 과정에 대해 머리에 넣어드리려고 노력해요. 이후에라도 궁금한 것이 있으면 병원 오시는 날 제 방에 다시 찾아와 물어보시기도 하고 상담 가능한 전화번호도 알려드리니까요.

백 선생님은 진료실에 온 환자분들을 상담만 하는 게 아니라 소위 '콜센터'[6] 역할도 대신하고 있다. 환자들에게 진료실 전화번호를 주고 나중에 문의사항이 있을 때 연락하시도록 당부를 한다. 사실 교육을 하면서 틈틈이 전화를 받는 것이기 때문에 대부분은 바로 받지 못한다(실제 전화를 걸면 안 받거나 늘 통화 중이라는 불평불만도 자주 접수된다). 하지만 대개는 나중에라도 환자들에게 다시 전화를 걸어서 문제를 확인하고 상담을 한다.

---

[6] 이 일은 많은 임상 경험은 물론 환자 상태에 대해 이해하는 전문가가 아니면 쉽사리 하기 어렵다. 그럼에도 항암 교육과는 달리 전화 상담은 별도의 수가를 받고 하는 서비스가 아니다. 건강보험공단은 국민들이 낸 보험료로 자체 콜센터를 외주를 주어 운영하고 있지만 막상 병원에서 받는 치료에 대한 '콜센터'는 일부 의료인의 헌신으로 간신히 운영되고 있는 셈이다. 사실 제대로 연락을 받지 못하고 있으므로 콜센터라고 부르기도 민망하긴 하지만.

위로와 공감, 때론 감정적 쿠션 역할까지

김 상담하기도 시간이 빠듯한데 전화까지 받으시려면 너무 힘드실 것 같아요.

백 네. 실은 조금 버겁기는 합니다. 그래도 업무 시간 내 걸려온 전화와 전화 예약실을 통해 전달된 상담 요청 메시지 등은 모두 다 상담하는데, 교육하는 틈틈이 짬 내서 전화를 받거나 걸고, 미처 다 못한 건은 퇴근 시간 이후라도 전화를 드리고 마감해요. 다만 오후 5시 30분 이후 걸려오는 전화는 못 받아요. 그런데 전화 상담을 하다 보니 이 일이 무척 중요하다는 걸 알게 됐어요. 응급실에 가셔야 하는 상황임을 알려드릴 때도 있고, 한편으론 응급실에 가야 할 상황을 전화 상담만으로 잘 넘기게 되는 경우도 있으니까요. 진통제를 가르쳐 드린 대로 못 드셔서 통증이 심해진 경우라든지, 설사가 심한데도 처방한 설사약을 안 드시고 버티고 계시는 경우라든지, 그럴 땐 전화 상담 하나로 증상이 많이 나아질 때도 있죠.

김 상담하시다 보면 감정적으로 힘든 경우도 꽤 있을 거 같아요. 그럴 땐 어떻게 하세요?

백 이미 화가 많이 나신 분들은 제가 어떻게 설명해도 변명처럼 들리실 거예요. 그리고 그분들이 화를 내는 게 저 개인에게 화내는 게 아니라는 걸 아니까, 실제 제가 막 속상하고 괴롭고 그렇진 않아요. 저는 그냥 그분들 마음에 공감을 해줘요.

김 어떻게요?

백 그냥 그분들이 하시는 말씀을 묵묵히 들어드리고, 아이고 힘드시겠다 속상하시겠다, 그렇게 맞장구쳐드리죠. 어떨 땐 같이 울기도 하고요. 형식적으로가 아니라, 환자들의 상황을 듣다 보면 안타까운 마음이 생겨요. 간호사는 의사보다는 좀 더 환자 입장에서 생각하고 공감해줄 수 있다는 장점이 있는 것 같아요. 그리고 환자와 보호자 마음을 인정해주면 화도 좀 쉽게 누그러지는 경향이 있어요. 충분히 화내실 만하다, 병원을 믿고 따라와 주셨는데 결과가 이러니 속상할 만하다, 그런데 이게 어쩔 수 없는 과정일 수도 있다, 이렇게 말씀을 드리면 대체로 이해를 하시더라고요.

김 그래서 진료실에 들어 올 때는 한풀 누그러져서 오시는 거군요. 그렇게 잘 다독여주시니까.

백 저희가 봐도 이건 정말 어쩔 수 없는 건데, 의사 선생님도 정말 최선을 다하고 열심히 생각하고 처방하신 건데 환자가 그 정성을 모르는구나 싶을 때도 있어요. 워낙 만나는 시간이 짧으니 그 노력이 잘 전달이 안 되는 거죠.

김 그렇게 이해해주시니 제가 고맙네요.

백 선생님이 환자 교육뿐만 아니라 환자와 의사 사이의 감정적인 쿠션 역할까지 해오신 것을 모르지는 않았다. 그러나 마냥 고맙기만 하던 마음에 하나가 더해진 느낌이다. 의사가 할 수 없는 위로와 공감이 있구나. 간호사만이 할 수 있는 역할이 있구나. 이들은 단지 의사가 하는 일을 위임받아 대신하는 것만이 아니었다. 의료의 어쩔 수 없는 속성, 즉 불확실성과 위험을 감내하고 치료를 받아야 하는 환자들의 마음을 어루만지는 일을 하고 있었다.

백 처음 오시는 분들 상담은 바쁘긴 해도 정해진 대로 하면 되니까 어렵지는 않아요. 제 입장에선 적어도 당황스럽지는 않죠. 그런데 치료 중 암이 진행되어서 온 분들은 이미 제 방에 올 때 울어서 눈이 빨갛게 되어 있어요. 그러신 경우는 저도 마음이 착잡해요.

김 혹시 환자분들이 감정이 격해진 나머지 선생님께 실수하는 경우는 없나요?

백 환자분들은 알아요. 간호사에게 뭐라고 해도 이 답답한 상황이 해결되는 게 아니라는 걸요. 제가 하는 일은 위로하는 거죠. "이제까지 최선을 다한 거고, 힘든 치료를 따라와줘서 고맙고, 그래도 상황이 이렇게 되었으니 약제를 바꾸어서 새로운 치료를 받는 것이 최선이다." 이렇게 설명을 드려요. 그래도 입장을 바꿔놓고 생각하면 속상하죠.

김 진료실에선 환자에게 나쁜 소식을 전해놓고는, 시간이 없다는 이유로 충분히 다독이고 위로해드리지 못하거든요. 그 상태에서 선생님께 상담을 보내드리면 거기서 감정이 폭발하는 건 아닐까 걱정될 때가 있어서 여쭤봤어요.

백 조금 소소한 팁이 있어요. 정말 당연한 건데 강조하면서 긍정적인 말을 해드리는 거죠. 오늘 피 검사가 정상이라고, 백혈구 수치가 너무 좋으시다고, 간 수치도 이 연세에 이 정도인

건 너무 좋은 거라고 말씀드리면 그 한마디가 환자와 가족들에겐 힘이 되는 것 같아요. 사실 정상인 게 일반적인 것이니 당연한 말인데, 그래도 달리 보면 정상이어서 다음 치료로 들어갈 수 있는 게 얼마나 다행이에요. 작은 것이지만 감사하고 희망을 얻을 구석을 함께 찾아보는 거예요.

김 저는 그런 얘기를 할 생각은 해보지도 못했어요.

애프터서비스가 안 되는 대량 생산 시스템

백 의료진과 환자가 중요하게 생각하는 것도 서로 다를 때가 있어요. 의료진은 열이 났으면 체온이 몇 도까지 올라갔는지를 중요하게 여기는데, 환자는 건강보조식품을 뭘 먹어야 하는지와 같은 문제를 중요하게 여기죠.

예를 들어 담당의에게 별로 중요하지 않은 이야기를 환자가 너무 오래, 자주 물어보면 의사 입장에서는 답답하고, 성의 없는 대답이 나오기도 하잖아요. 하지만 환자에게는 그것이 중요하고 궁금한 문제여서 질문한 건데, 성의 없는 대답이 돌아오면 마음이 상하겠죠. 그렇다 보니 치료에 있어 어떤 질문이 중요한 것인지, 또 어떤 질문이 불필요한 것인지 환자들에게 조언해주기도 해요. 특히 "가능하면 의사 선생님께 어려워하지 말고 그동안 있었던 몸의 변화를 다 얘기해라. 그래야 그중 하나라도 중요한 것이 얻어걸린다"고 말씀드리기도 하죠. 그래야 환자분께 더 적합한 처방이 나온다고.

김 정말 중요한 조언이네요. 사실 환자들이 중요하게 생각하는 걸 저희가 모두 다 설명해드릴 수 있다면 좋겠지만 그러기엔 진료 시간이 턱없이 부족하니까요.

백 가끔은 저희가 감당이 안 되는 일들, 감당이 안 되는 설명을 하고 있다는 생각이 들어요. "이런 증상이 생기면 병원에 오세요"라고 설명하잖아요. 그런데 응급실에 오면 환자가 너무 많아서 빠른 시간 안에 진료를 못 하기도 하고, 입원이 필요한데 병실이 없어서 응급처치만 하고 다른 병원에 보내지는 경우도 많고요. 많은 암 환자들이 치료 부작용이나 암으로 인한 합병증을 겪는데, 적절히 진료를 못 받는 경우도 많고……. 이런 상황이 너무 안타까워요. 저희가 게으르거나 성의가 없어서가 아니라 환자가 너무 많아서 그렇잖아요. 병실도 없고, 의료진도 부족하고…….

김 그렇죠. 소위 빅5 병원에 환자들이 몰리는 현상은 어제오늘 일이 아니죠. 이게 결국 환자들 자신에게 위험한 일이 될 수 있다는 걸 어떻게든 알리고 제도적으로도 해결해야 할 것 같아요.

백 마치 고장이 나도 애프터서비스는 안 되는 제품을 팔고 있는 그런 상황이랄까요? 시한폭탄을 주면서 '이거 잘 보관하시다가 터지지 않게 가져오세요~' 하는 느낌.

김 적절한 비유네요. 항암 치료 건수는 끊임없이 늘어나는데 부작용에 대한 감당은 안 되고 있죠. 여기서 항암제 주사를 놓았는데 다른 병원에 가서 부작용 치료를 받으라고 하면 환자도 이해를 못하고, 다른 병원 의료진 입장에서도 당황스럽고. 그런데 집 근처 병원 가서서 항암 치료 받으시라고 권유드리면 좀처럼 가지를 않으시고요.

백 제 입장에서도 하루 상담 환자들이 약 20명 정도만 되면 여유롭게 정성 들여서 설명드릴 수 있는데, 30명 이상 되면 마음이 바빠지고 말이 잘 안 나와요. 어떻게 잘 전달해야 할까 생각할 여유가 없으니까 그냥 말을 영혼 없이 빠르게 하게 되죠.

김 마찬가지입니다. 저도 마음이 바쁘면 환자에게 집중하기가 어렵더라고요.

만약 진료 시간이 환자당 10~20분 정도로 늘어난다면 간호사 없이 의사의 설명만으로도 충분할까? 백 선생님을 인터뷰해 보니 그럴 것 같지는 않았다. 물론 나에게 좀 더 많은 시간이 주어진다면 환자에게 치료의 이득과 위험에 대해 자세히 설명하고 장기적인 예후에 대해서도 이야기를 나눌 수 있을 것이다. 그러나 백 선생님이 하는 것처럼 환자의 편에 서서 치료 일정을 살펴보고 마음까지 살펴보는 일종의 '코치' 역할을 하는 데는 자신이 없다. 만약 치료의 여정을 스포츠 경기에 비유한다면, 감독과 코치의 역할 분담인 셈이었다. 문제는 의사에게도 간호사에게도 주어진 시간은 너무 짧고 최선의 진료를 제공하기가 어려운 환경이라는 것이다. 고장난 제품을 만들면서 애프터서비스는 못하고 끝없이 대량 생산만 하고 있는 공장같다는 백 선생님의 말씀이 아프게 와닿았다.

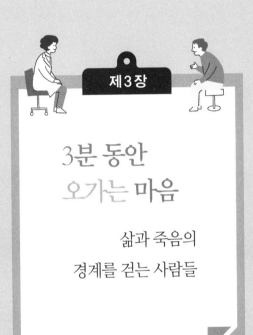

제3장

3분 동안
오가는 마음

삶과 죽음의
경계를 걷는 사람들

응급실 5퍼센트 법칙에
내몰린 환자들

"선생님, 저희 아이 아빠는 불안해서 못 나가요. 여기 꼭 입
원시켜주세요."

아내의 입술은 파르르 떨리고 있었다. 항암 치료를 받던 중
일주일 전 패혈증으로 응급실에 들어왔다가 응급 처치를 하고
다른 병원으로 보냈던 환자다. 다른 합병증이 또 생겨서 다시 응
급실에 왔고, 이번엔 절대 못 나가겠노라고 버티는 중이다. 입
원을 시키자니 없는 병실을 만들 수도 없는 일. 몇 번의 설득 끝
에 그럼 다시 좀 더 병실이 날 때까지 기다릴 수 있게 해달라고
응급실에 부탁하기로 했지만, 환자를 내보내라는 응급의학과

의사의 날 선 문자가 휴대폰에서 깜빡이고 있다.

> "수술이나 중환자실 치료가 필요한 환자들도 많은데 이런 분들까
> 지 응급실에 입원을 시켜야 합니까? 환자가 고집한다고 받아줄 수
> 있는 건 아니잖아요."

2017년 이래 도입된 응급실 체류 시간 제한에 대한 행정 조치
는 이러한 환자들이 응급실에서 병실을 기다리며 대기하지 못
하도록 막는 결과를 낳았다. '응급의료에 관한 법률'에 의하면
환자들은 24시간 이상 응급실에 체류하지 못하며, 입원하든지
신속한 조치 후 퇴원해야 한다. 24시간 이상 응급실에 체류하는
환자 비율이 5퍼센트가 넘으면 병원은 보건복지부로부터 상당
한 금전적 불이익을 받게 된다. 병원들이 목숨을 걸고 매달려 비
율을 맞추려는 이유다.

그러니 입원을 하자니 병실이 없고, 퇴원을 하자니 상태가
위태로운 환자들은 주변의 다른 병원으로 옮겨갈 수밖에 없다.
일견 타당한 조치이나, 월 1~2회씩 병원에 오가며 항암 치료
를 받느라 병원이 학교나 직장처럼 익숙해져버린 암 환자들은
막상 상태가 나빠졌을 때 다른 병원으로 가라는 조치를 이해하
기 어렵다.

어느 응급실에서나 암 환자들은 부담스러운 손님이다. 응급 조치를 하면 생명을 구할 수 있는 뇌졸중, 심근경색, 외상 환자들이 수시로 오가는 응급실에서 암 환자들이 병상을 차지하고 있으면, 다른 응급 환자의 공간이 그만큼 줄어들기 때문이다. 암 환자의 상태가 덜 위중하다거나, 암 환자의 생명이 덜 중요하다는 이야기는 아니다. 치료하면 제 기능을 온전히 회복할 수 있는 환자와, 치료해도 고비만 넘길 뿐, 언제 다시 위중한 상태가 될지 모를 환자 중 하나만 선택해야 한다면 의료진의 선택은 어쩔 수 없이 전자이기 때문이다. 물론 그것이 어디 쉬운 결정인가. 우리 의료가 둘 중 하나만 선택해야 할 정도로 빈곤한 것은 아님에도, 소위 '5퍼센트 법칙'은 암 환자들이 응급실에서 밀려나 이 병원 저 병원으로 떠돌게 만들었다.

사실 응급실 체류 시간을 제한하는 것은 신속한 응급조치가 이루어지도록 하기 위함이다. 체류 시간 제한 자체는 잘못된 것이 아니다. 문제는 모두 원활히 입원시키기엔 암 환자들이 너무 많다는 것이다.

지역의 종합병원에서도 치료받을 수 있는 암 환자들이 자꾸만 수도권 대형 병원으로 몰리고, 대형 병원들은 과밀화되어 몸살을 앓고 있는데도 수익을 극대화하기 위해 몸집을 불려가며 환자를 계속 유치했다. 적절한 진료의 질을 유지할 수 없는 현실은 도외시된다. 그런 와중에도 어떻게든 의료진들을 갈아 넣어 의료 기관 인증 기준을 충족하면 환자들은 더 몰린다. 그 화려한 이면에는 전원을 권유하는 쪽과 안 간다고 버티는 쪽의 실랑이로 가득 차버린 응급실의 일상이 있다.

암 환자들은 비교적 상태가 좋을 때는 컨베이어벨트 위에 놓여 정해진 검사와 치료를 받는, 병원 입장에서 보면 일반적인 고객(환자)이다. 그러나 말기에 가까워져 예측하기 어려운 합병증이 발생하고, 응급실의 병상을 잠식하게 되면 5퍼센트 법칙에 의해 외면당한다.

혹자는 진료비의 5퍼센트만 내면 되는 건강보험 산정특례제도 때문에 암 환자들이 수도권 대형 병원에 몰린다고 비판하기도 한다. 하지만 좀 더 체계적인 대형 병원에서, 조금이라도 더 실력 있는 의사에게(수도권 대형 병원 의사가 더 실력이 뛰어나다고 할 수는 없지만, 환자들의 인식 속에 자리 잡은 편견이 이런 생각을 만든다) 치료받고 싶은 마음은 지방 사는 환자나, 수도권에 사는 환자나 매한가지다. 이를 탓할 수는 없는 노릇이다. 문제는 5퍼센트라는 염가로 환자들을 끌어들이고 95퍼센트를 건강보험공단에서 받아 수지타산을 맞추는 병원들이 수익을 위해 과도하게 환자들을 받는 것과, 국가가 이를 방관했기 때문이다. 진료비 5퍼센트의 혜택을 받으며 너도나도 큰 병원으로 몰려들지만, 다시

5퍼센트 때문에 밀려나는 암 환자들의 운명은 얄궂기만 하다.

"환자가 두 번째로 응급실에 오신 거라 많이 불안해합니다. 이해해주십시오."

응급의학과 의사에게 읍소하는 문자를 보내며 한숨을 쉰다. 다행히 얼마 되지 않아 응급실 내원 25시간 만에 이 환자에게 병실이 배정되었다. 하지만 남은 병실이라고는 환자의 경제적 형편을 고려하지 않은 고급 1인 병실이어서 이것이 환자에게 정말 다행인지는 모를 일이다. 환자로서는 병원의 치료를 받기 위해 지불해야 할 비용이 너무 크다. 그래도 환자의 밤이 고급 호텔 스위트룸 숙박비에 맞먹는 이 병실에서 제발 편안하기만을 바란다.

지난 3년간 국내에서 코로나로 사망한 환자의 수는 총 3만 명이다. 반면 매년 8만 명의 환자들이 암으로 사망한다. 그들이 숫자 5퍼센트에 좌우되는 애물단지가 아니라 존엄한 인간으로서의 대우를 받으며 생을 마칠 수 있도록 도우려면 우리는 무엇을 해야 할까? 막막하기만 하다.

평창 브라보

언제나 웃는 얼굴의 환자를 보면 마음이 편해진다. 내가 잘해서 그런 것도 아닌데 괜히 치료를 잘하고 있다는 생각이 들며 우쭐해진다. 그러나 늘 만면에 웃음이 가득한 70대 남성인 A씨의 상황은 그의 표정만큼 좋지는 않았다.

A 환자는 대장암이 간에 전이된 4기로 진단되었고 수술이 다행히 잘 되었지만 1년 만에 간에 다시 재발, 항암 화학 치료를 하고 간 고주파 시술을 받은 후 다시 폐로 암이 번지기 시작했다. 하지만 너무 작고 천천히 자라는 암종이고 증상도 전혀 없어서, 굳이 항암 화학 치료를 하며 일찍 몸을 괴롭히기보다는 경과를 지켜보다가 치료를 시작하자고 말씀드렸었다.

사실 이쯤 되면 완치를 목표로 하기는 어려운 상태인데 그래도 환자는 잘 받아들였다. 보통 다른 환자들 같으면 "어떻게 몸에 암 덩어리가 있는데 치료를 안 하고 그냥 두느냐"며 조바심을 낼 법도 한데, 이분은 나를 믿어주어 고마웠다. 사실 항암 치료를 하든 안 하든 이미 치료의 목표는 완치가 아니라 조절이어서, 결국 항암 치료는 치료의 이득이 부작용으로 인한 위험을 넘어선다고 판단되는 경우에만 하는 것이 원칙이다. 하지만 환자 입장에서 병이 있는데 치료를 하지 않는다는 것은 납득하기 쉬운 일이 아니다.

그는 수 개월간 치료 없이 점점 커지는 암을 지니고 살았다. 아무런 증상 없이. 하지만 아무래도 커지는 속도가 빨라지는 것 같아 항암 치료를 다시 시작했다. 더 이상 새로 시도해볼 만한 약이 없어서 옛날에 썼던 약을 다시 재활용했는데 신기하게도 종양이 줄어들기 시작했다. 그것도 다행이지만 환자가 약의 부작용을 잘 견디는 것이 더 다행이었다.

A씨는 이전부터 아파트 경비 일을 하셨는데, 치료를 받는 중에도 주사를 맞고 한잠 잤다가 다음 날 새벽에 일어나 24시간 연속 근무를 했다. 24시간 근무 24시간 휴무……. 과거 20대 때 응급실에서 그렇게 한 달을 근무해봤는데 정말 한 달 이상은 버텨내기 힘든 살인적인 스케줄이었다. 수면 주기가 자주 어그러진

다는 것 자체가 젊은 사람도 쉽게 견딜 수 있는 일이 아닌데 항암 치료까지 받으면서 하신다니 놀라울 따름이었다. 그럼에도 불구하고 그의 얼굴에는 그늘이 없었다.

A씨는 쉬는 날이면 자전거를 타고 운동을 한다고 했다. 이게 과연 항암 치료를 받는 노인의 체력인가. A씨는 자신의 체력이 좋고 치료에 잘 반응하고 견디는 것은 젊은 시절 체력을 잘 키워 놓아서 그런 것 같다고 했다. 그는 학생 시절 빙상 선수 생활을 했다며 이렇게 말을 이어나갔다.

"빙상 선수라고 봄여름에는 운동 안 하는 게 아니야. 사이클에 육상에 정말 하루도 쉴 날이 없었지. 올림픽에서 이규혁, 모태범 선수가 금메달 땄을 땐 정말 감격에 겨워 울고 말았어……."

그땐 한창 평창올림픽 유치가 결정되어 떠들썩한 상황이었다. 외래 진료가 밀리는데도 왠지 이런 수다를 막고 싶지가 않아 그냥 듣고 있다가 한마디 거들었다.

"우리나라에서 동계 올림픽이 열리게 돼 정말 감회가 남다르셨겠어요."

그의 미소 띤 얼굴은 더욱 활짝 펴지며 목소리에 힘이 들어갔다.

"아 물론이죠. 정말 빙상계에 있던 나로서는 그 감격이 말도 못 해요. 우리나라는 정말 대단한 나라예요!"

낯간지러운 소위 '국뽕'인데도 싫지 않았다. 윗사람들 비위를 잘 맞출 줄 모르는 뻣뻣한 여의사의 마음마저도 녹이는 이 긍정 에너지를 어찌하랴.

그는 항암 치료 이후 계속 반응이 잘 유지되어 내친김에 생각지도 않았던 폐 전이 수술까지 진행했고, 2016년 초 내가 직장을 옮겼을 당시에는 재발 없이 경과 관찰을 하다가 작별했다. 이후 평창 올림픽을 TV에서 보며 그분을 떠올렸다. 젊어서는 빙판에서, 늙어서는 암과 싸우던 노장은 담담히 삶을 살아냈다.

가끔은 그런 환자들을 만난다. 어쩌면 신기할 정도로 불안과 공포에서 자유로운 사람들. 완치가 되어야 한다는, 질병에서 자유로워져야 한다는 조바심에 괴로워하기보다는, 그저 하루하루를 성실히 잘 살아내는 것에 만족하고 기뻐하는 이들. 신기하게도 4기암 중 드물게 완치되는 환자 중에는 이런 분들이 많다. 물론 운이 좋았던 덕분이 클 것이다. 우연히 약이 잘 들었다든지, 병 자체의 성질이 비교적 순한 것이었다든지. 그러나 그 마음가짐이 질병의 경과에 미친 영향도 무시할 수는 없지 않을까? 평창 올림픽이 폐막한 지 5년이 넘게 지났고 그도 이제 80대로 접어들었을 테니 지금은 어쩌면 생을 마감했을지도 모를 일이지만, 지금 돌아보아도 그의 건강한 몸과 마음은 닮고 싶은 롤모델이다.

받고도 돌려주지 못한
선물들

환자들에게서 종종 선물을 받는다. 마음을 표현하느라고 주는 것이지만 고맙기보다는 부담스러울 때가 더 많다. 암이라는 질병의 특성상 언제든지 나빠지고 재발할 수 있는데, 그런 상황에서 환자에게 받은 물건들을 사용하는 것이 염치없는 행동처럼 느껴지기 때문이다. 더 솔직히 말하자면 이것을 빌미로 좀 더 신경 써주기를 요구하는 건 아닐까 싶은 마음이 들어 괜히 부담스럽기도 하다.

물론 의사에게 '촌지'를 주는 문화는 예전보다 많이 나아졌다. 30여 년 전 아버지가 암 수술을 받으러 입원하셨을 때 어머니는 당시로선 큰돈이었던 수십만 원을 담당 의사에게 주었다고 했다. 그렇게 하는 게 관례라고 들어서, 그렇게 하지 않으면 혹시 불이익이 돌아올까 염려되어 주었다고 했다.

내과 레지던트가 되었을 때는 특실 주치의를 두 달 하면 촌지를 받아 차를 한 대 뽑는다는 얘기들이 공공연하게 돌았다. 특실에 입원하는 부유한 이들 입장에서는 푼돈에 불과한 돈이었겠지만, 대개 수백만 원씩 담당 전공의에게 성의 표현을 하기 마련이었을 것이고 그것을 두 달 동안 모으면 소형차 한 대는 뽑을 수 있다는 것이었다. 그럼에도 그들의 비위를 맞추는 일은 쉽지 않으므로 특실 주치의 역할이 그리 인기 있는 것은 아니었다.

김영란법이 발효되기 이전에도 이미 촌지 문화는 사회의 변화와 함께 많이 사라지고 있던 상태였지만, 이젠 받기 껄끄러웠던 촌지를 명확히 사양할 법적인 명분이 생겼으니 오히려 잘 되었다고 생각하는 의사들이 많다. 보통 종합병원에서는 법무팀에서 촌지 문제를 처리해준다. 돈 봉투나 선물을 주고 도망치듯 진료실을 나서는 환자가 있으면 환자의 인적사항과 물품을 인계하고, 법무팀에서 직접 환자에게 연락해 돌려주고 있다.

하지만 받고도 돌려주지 못하는 선물들도 있다. 돌려줄 사람이 이제 세상에 없는 물건들. 나는 종종 그들을 기억하기 위

해 그 물건들을 쓰기도 한다. 촌지보다는 유품으로 여겨져서 그
렇다.

분홍색 가죽지갑 이것은 40대의 단정하고 아름답던 여성분이
준 것이다. 이미 다른 병원에서 치료를 수차례 받고 오신 상황이
었고, 말기암은 점점 악화되고 있었다. 점점 말초부종이 심해지
고 신장 기능이 나빠지고 있는 것을 보고 나는 악성 림프부종에
따른 2차적인 장기부전이라고 생각했다.

그러나 협진 의뢰를 내었던 신장내과 선생님이 흉부 엑스레
이를 보고서는 다행히 진단을 바로 잡아주었는데, 악성 심낭삼
출로 인한 심탐폰이었다. 심낭에 카테터를 꽂고 액체를 배출시
킨 후 신장 기능은 물론 호흡 곤란도 호전되었다. 나는 엑스레
이를 제대로 보지 않는 어처구니없는 실수를 해서 그녀를 위태
롭게 만든 것이 너무나 부끄러웠다. 그녀가 입원 기간에 고맙다
며 선물로 준 지갑은 차마 쓸 수가 없었다.

얼마 후 그녀는 세상을 떠났다. 그녀가 없는 세상에서야 나는
지갑을 꺼내 쓸 수가 있었다. 나의 부끄러운 오진을 기억하기 위
해 지갑을 계속 써야겠다고 생각했다. 지갑은 매일 가지고 다니
는 것이니, 볼 때마다 부끄러운 마음은 잊지 않을 수 있겠지. 지
금은 너무 헐어서 화장대 서랍 안에 넣어두었지만 아직 기억이

난다. 그리고 이 글을 쓰면서도 다시 부끄럽다.

　양말로 만든 고양이 인형 늘 미소를 지으시던 50대 여자분이
주신 선물이다. 그녀는 항암 치료를 많이 힘들어했다. 그래도
나아지겠죠, 좋아지겠죠, 하며 자주 물었다. 겨우 항암을 마친
후 쉬는 기간에 양말에 솜을 넣어 인형을 만들었다면서 나에게
건넸다. 그의 병은 내가 직장을 옮기기 직전에 재발했다. 사실
상당히 높은 확률로 재발이 예상된 것이기는 했으나, 그녀의 낙
심한 얼굴이 지금도 종종 떠오른다. 항암 치료를 하면 손발이 많
이 저리기 때문에 수작업을 하는 게 쉽지 않았을 텐데 떨리는 손
으로 바늘을 잡고 인형을 만들었을 환자분을 생각하면 인형을
볼 때마다 안쓰러운 마음이 든다. 나는 어떻게 해야 했을까. 많
지 않은 희망을 조금 더 부풀려서 얘기해야 했을까. 아니면 치
료를 해도 재발 위험이 상당히 높다는 것을 늘 상기시키며 죽음
을 준비시켜야 했을까. 늘 그 사이에서 갈팡질팡하는 것이 나의
일상이지만 아직도 어떻게 말해야 할지 잘 모르겠다. 삶이라는
것은 완치와 죽음 두 가지만 있는 것이 아니며, 그 사이의 삶을
잘 살아보자고, 그 길을 함께하겠다고 말씀드리는 것이 최선이
었을 테지만 나는 그분이 가장 힘들 때 이직으로 그분을 떠나야
했고, 아직도 그것이 너무나 미안하다. 고양이 인형은 딸이 어

렸을 적에 많이 좋아했다. 폭신폭신한 감촉이 좋아 매일 껴안고 잠자리에 들곤 했는데, 그걸 볼 때마다 뭐라 표현하기 어려운 감정이 솟아난다. 슬프면서도 포근하고 아련한 무엇이.

　아름다운 꽃무늬 파우치 수년 전 돌아가신 60대 여성분이 손수 만들어주셨다. 남편분이 환자분을 많이 사랑했다. 어려운 상황임을 매번 설명해드려도 남편분이 회진 후 따라 나와 꼭 낫게 해달라고 부탁하는 것이 사실은 부담스러웠다. 한편으로는 '내가 아프면 과연 남편이 이 정도의 지극정성으로 돌봐줄까' 하는 마음이 들어 조금은 부럽기도 했다. 그러나 환자는 치료가 길어질수록 몸은 물론 마음도 지쳐가는 것이 눈에 보였다. 남편과 아들은 좀 더 오래 같이하고 싶다며 치료를 계속하기 원했지만, 환자는 힘든 항암 치료를 접고 쉬고 싶어 했다. 몇 번의 갈등 끝에 가족들은 환자의 뜻에 따르기로 했고, 결국 병원에서 임종을 맞이했다.

　파우치의 섬세한 무늬와 꼼꼼한 바느질을 보면 그분의 단아한 말씨와 몸짓이 떠오른다. 나이가 들면 저런 스타일이 되고 싶다고 느껴지는 분들 중 하나였다.

　사실 거꾸로 생각해보면, 임종 직전 담당했던 의사에게 기억

되고 싶은 이는 별로 없을 것이다. 그러니 의사에게는 뭘 줄 필요가 전혀 없다(대부분은 누가 뭘 줬는지 기억도 잘 못한다). 그러나 병든 삶도, 죽음 직전의 삶도 삶이 아닌 것은 아니다. 환자가 준 물건을 통해 환자로서가 아니라 한 인간으로서의 그들을 기억하는 것은 이제 세상에 없는 그분들에 대해 나 홀로 지키는 예의다. 한편으로는 그들의 생명을 지키지 못한 나의 무력함을 용서받고 싶은 것인지도 모르겠다.

암 환자의 결혼과 출산은
이기적인 걸까?

암에 걸린 후 치료 중이거나 치료가 종료되었더라도 재발 확률이 매우 높은 상황에서 결혼하는 환자들이 드물게 있다. 더 드물지만 출산을 감행하는 이들도 있는데, 《숨결이 바람 될 때》의 저자 폴 칼라니티가 그랬다. 폐암을 진단받은 신경외과 레지던트인 그는 치료 전 수집해둔 정자로 인공수정을 하여 아내가 딸을 출산하게 된다. 자신의 수명이 제한되어 있거나 불확실한 상황에서 상대방에게 중대한 영향을 미치는 새로운 관계를 맺고 만드는 것을 어떻게 바라보아야 할까? 그것은 과연 이기적인 것일까? 아니면 그럼에도 불구하고 삶에 최선을 다하려는 눈물겨운 노력일까?

얼마 전 우연히 이런 환자들에 대한 얘기를 동료 선생님들과 하게 되었는데, 본인의 예후에 대해 정말 제대로 이해하는 것이 맞는지 걱정스럽다는 의견이 대부분이었다. 예를 들어 두 극단적인 사례를 생각해보자. 생존율 90퍼센트 이상의 조기암을 진단받고 치료받은 사실만으로도 파혼당하거나 이혼당하는 상황. 우리는 이 상황에 대해 분노하고 무언가 잘못되었다고 생각한다. 반면 기대여명이 약 1년 정도인 진행암을 진단받은 상황에서 결혼하는 것. 이 상황에서는 누구나 갸우뚱하게 될 것이다. 그래서 병세에 대해 실제보다 낙관하고 있거나, 또는 애써 부정하고 있거나, 아예 완전히 착각해서 이런 결정을 내렸을 것이라 여기게 된다. 물론 정말 사랑해서, 짧은 기간이나마 부부로서의 연을 맺고 싶었을 수도 있다.

종종 자신의 병에 대한 인식이 놀라우리만큼 부족해서 몇 번이고 처음부터 다시 설명해야 하는 환자들을 만나곤 한다. 그래서 언뜻 이해하기 어려운 결정을 하는 환자들을 보면 '자신의 병에 대한 인식이 부족해서 그리 한 것'이라고 생각하게 된다.

그러나 그 얘기를 하면서 문득 이런 생각도 들었다. 그들이 정말 병에 대한 인식이 부족해서 그랬을까. 정말 긍정적인 말만 듣고 싶어 애쓰는 것이 눈에 다 보이는 환자도, 좀 더 시간을 가지고 대화를 나누어보면 늘 두려움을 품고 있고 죽음에 대해 생각하고 있다는 것을 알 수 있다. 어쩌면 정말 해맑고 철없어 보이는 환자가 가장 큰 두려움을 숨기고 있는 사람일지도 모른다. 결혼이라는 인생의 큰 결정을, 두려움을 마음에 품고 해야 하는 그 사람의 마음은 얼마나 아팠겠는가. 그럼에도 불구하고 결혼에 이르게 되는 것은 다 이유가 있을 것이다. 많은 건강한 사람들도 쉽게 결혼하기 어려운 소위 '헬조선'에서 결혼을 했다면 말이다. 환자에게나 그 배우자에게나 그럴 수밖에 없었던 필연적인 이유가 있었을 것이다.

의사가 자신의 환자에게 이런저런 혼란한 마음을 털어놓고 의논할 상대가 되지 못하는 것은 부끄러운 일일지도 모른다. 의사는 남들과는 다른, 의외의 결정을 하는 환자들을 뜨악한 눈으로 바라보기보다는 그들의 편에서 응원해주는 사람이 되어야 하지 않을까.

폴 칼라니티는 자신의 병에 대해 너무나 잘 알았음에도 딸을 출산하는 결정을 했다. 그가 어린 딸에게 남기고 간 말을 살펴보면 우리는 왜 그가 그럴 수밖에 없었는지 알게 된다.

"네가 어떻게 살아왔는지, 무슨 일을 했는지, 세상에 어떤 의미 있는 일을 했는지 설명해야 하는 순간이 온다면, 바라건대 네가 죽어가는 아빠의 나날을 충만한 기쁨으로 채워줬음을 빼놓지 말았으면 좋겠구나. 아빠가 평생 느껴보지 못한 기쁨이었고, 그로 인해 아빠는 이제 더 많은 것을 바라지 않고 만족하며 편히 쉴 수 있게 되었단다. 지금 이 순간, 그건 내게 정말로 엄청난 일이란다."

병에 걸린 삶도 삶이다. 그리고 그것은 온전히 그와 그의 가족의 것이다. 우리가 그들의 삶과 결정을 모두 이해할 수는 없을 것이다. 그러나 의료인에겐 적어도 그것을 편견 없이 받아들이고 온전히 이해하고자 노력해야 할, 일종의 의무가 있지 않을까 싶다.

어제의 김영자 씨와
오늘의 김영자 씨에게

내일의 외래 진료 예약 명단을 들여다본다. 한창 항암 치료 중이라 2~3주마다 만나는 익숙한 이름들이 먼저 눈에 띈다. 그 다음엔 신환(병원에 처음 오는 환자)과 초진(타과를 먼저 보고 우리 과 진료를 처음 받는 환자)으로 분류된 이들이 몇 명인지를 확인한다. 응? 이분은 이름이 익숙한데 초진이네? 클릭해 보면 정말 처음 보는 환자다. "모월 모일 수술함. 보조화학요법을 위해 의뢰드립니다." 아. 옛날에 봤던 분과 동명이인이구나.

김영자, 최숙희, 박영숙, 이영호. 이런 흔한 이름들은 종종 몇 번을 마주치게 된다. 병명이 다를 때도 있고, 같은 병이더라

192

도 각각 상태가 다른데 이름이 같다는 이유로 자연히 예전 환자가 떠오른다. 수술 잘 되었고 앞으로 항암 치료를 받으면 완치될 가능성이 높은 김영자 씨는 내일 만나면 어떤 얼굴을 하고 있을까. 얼마 전 호스피스로 보내며 작별인사를 나눈 김영자 씨는 정말 귀여운 할머니였는데. 그동안 고마웠다며 내 손을 잡아주던 김영자 씨의 젖은 눈이 생각난다. 발그레한 볼과 자글자글한 주름 사이로 비치던 미소, 진료실에 들어올 때마다 "에구 난 선생님이 너무 좋아~" 하며 뻣뻣한 담당 의사에게 애교를 떠실 때 양쪽으로 쭈욱 올라가던 입꼬리.

흔한 이름에 실려 오는 이미지들은 이름보다 더 다양하다. 아무래도 오래 만나게 되는 말기암 환자들의 얼굴이 뇌리에 더 많이 스친다. 그렇게 보면 내일 만나는 새로운 김영자 씨에겐 내 기억 속에 오래 머무르지 않는 것이 더 좋을 것이다. 아마 정해진 6개월 치료를 마친 뒤 웬만하면 연 1~2회의 만남, '정기검진'이라고 이름을 붙이기도 민망한 CT 찍고 결과 확인을 하러 진료실에 들어오는 1~2분의 시간 말고는 만나지 않는 관계가 우리에겐 좋을 것이다. 그녀의 얼굴과 말투와 몸짓은 나 말고 그녀를 사랑하고 의지하는 사람들의 마음에 새겨지는 것으로 충분할 것이다.

요즘은 40대의 내 또래 환자들이 종양내과 진료실에 점점 더 많이 보이기 시작한다. 십수 년이 지나면 영자, 숙희, 이런 이름들보다는 1970~1980년대생에게 흔한 이름들이 외래 진료 환자 명단에 더 자주 반복해서 보이게 될 것이다. 예를 들면 '김선영'이라든지. 아마도 그때는, 새로 만나는 김선영 씨를 보며 얼마 전 세상을 떠난 김선영 씨의 얼굴과 목소리를 떠올리게 될 것이다. 세상에 랜덤으로 분포하는, 나와 이름만 같을 뿐인 전혀 다른 사람을 누군가는 나로 인해 기억하고, 반대로 그로 인해 나를 기억하는 사람들도 있을 테니까.

누군가는 힘겨웠던 삶을 마감하고, 또 다른 누군가는 두려움과 불안에 떨며 진료실로 들어온다. 흔한 이름들은 그들의 궤적을 다시 떠올리게 해주는, 수레바퀴에 그어진 생채기 같다. 비슷비슷한 투병 과정의 시작이 다시 돌아왔구나. 그리고 또 흘러가겠구나. 그러나 바퀴가 제자리를 돌지 않듯이, 언제나 다른 위치에 있듯이, 어제의 김영자 씨와 오늘의 김영자 씨는 다른 표정을 하고 있을 것이다. 그리고 나는 아마, 같은 이름이지만 서로 다른 사람들이 보여주는 다양한 개성과 마음들을 흔한 이름이라는 연결고리로 매듭지어 언젠가는 다시 꺼내어 들여다보게 되겠지.

나는 오늘도
상처를 주고받으며 성장한다

"왜 선생님은 저만 보면 그런 표정을 지으세요?"

감정이 북받친 40대 여성이 나지막이 부르짖는다. 눈은 촉촉하게 젖어 있다. 아…… 뭔가 잘못되었구나. 간에 암이 재발했다고 설명한 이후부터 '이전부터 그곳이 아팠다'며 원망하듯 이야기하던 환자였다.

"환자분, 이 정도의 작은 간 전이는 통증을 일으키지 않아요. 아프신 건 다른 이유일 거예요. 항암 치료를 시작했으니 간 전이는 좋아질 것으로 기대합니다. 하지만 당장 아프신 건 진통제를 써서라도 조절을 해보지요."

"진통제가 잘 듣지 않는다고요."

"그럼 약을 바꿔볼게요. 아…… 비슷할 것 같으니 안 드신다고요? 그럼…… 정형외과로 가보시겠어요? 아무튼 암 때문은 아닌 것으로 보입니다."

되돌이표만 그리는 문답 과정 속에 내 표정은 점점 일그러지고 있었던 것 같다. 그래서 이번에는 들어오자마자 환자가 던진 질문에 버튼이 눌렸다.

"도대체 제 몸의 어디어디에 전이가 되었나요?"

'도대체라니요. 그동안 몇 번을 설명했잖아요. 마치 제가 그동안 아무런 설명도 안 했던 사람처럼 묻고 계시네요.'

속으로 이런 말들은 삼켰지만 표정에서는 숨기지 못했나 보다. 한숨을 푹 내쉬며 환자의 상복부를 가리키며 여기, 여기, 여기 있어요! 하고 내지르고는 되돌아 앉아 모니터를 보고 있는데, 결국 환자의 감정이 울컥, 쏟아져 나와버린 것이다.

"그렇게 싫은 표정만 짓고 계시면 제가 어떻게 치료를 받아요! 정말 속상해요. 여기 올 때마다!"

그녀는 여러 가지 분노의 말들을 쏟아냈고, 결국 눈물을 보였지만 나는 뭐라 말을 하지 않았다. 마음에 없는 사과를 하고 싶지도 않았고, 그렇다고 맞서서 화를 낼 수는 더더욱 없었다. 외래가 끝난 후에도 계속 마음이 좋지 않았다. 이 사람은 민원을 넣겠지. 의사를 바꿔 달라고 할지도 몰라. 다음에 그를 다시 마주하게 된다면 뭐라고 얘기해야 할까. 예전 같으면 페이스북에 친구 공개로 마구 이런 감정을 배설하고, 대부분 의사인 페친들은 고생했다고 한마디씩 추임새를 넣어주고, 이에 약간의 위안을 얻었을지도 모른다.

그러나 (다행히도) 그런 짓을 하지는 않았다. 아마 나도 잘한 게 없다는 생각을 하고 있었기 때문이었을 것이다. 누군가의 앞에서 한숨을 쉬고 소리지르듯 말하는 것은 상대방의 자존감을 형편없이 망가뜨리는 일이라는 생각이 들었다. 특히 그 상대방이 환자일 때는.

의사에게 영업용 미소까지 장착하라고 요구할 수는 없는 일이다. 그러나 환자의 입장에서 담당 의사의 굳은 표정이 얼마나 큰 불안과 좌절을 안기는지는 사실 몇 번 안 되는 환자로서의 경험을 떠올려보아도 쉽게 알 수 있다. 하물며 암이라는 위중한 질환을 앓고 있는 환자에게 의사의 말투, 몸짓 하나하나의 의미는 그의 마음에 알알이 들어와 고통스럽게 박혔을 터였다.

어떤 환자의 말과 행동이 내 맘에 들지 않을 수는 있지만, 그는 환자고 나는 의사다. 권력이 절대 균형을 이룰 수 없는 관계. 그의 몸에 대해 그 자신보다 속속들이 알고 있고, 그 몸을 가로 지르는 수많은 검사와 치료들을 결정할 수 있는 권한을 지닌 사람으로서 나는 적어도 그보다는 더 신중했어야 했다.

2주가 지나고 다음 진료일이 다가왔다. 조금 긴장한 마음으로 억지로 얼굴을 펴면서 진료실 문으로 고개를 돌리는데 들어오는 환자는 의외로 환한 얼굴이다.

"선생님 그동안 잘 계셨어요?"

"아 네⋯⋯."

"이전엔 제가 좀 흥분한 것 같아요. 마음 상하셨다면 죄송해요."

"아⋯⋯ 저도 죄송했습니다. 제가 좀 함부로 말씀드린 것 같아요."

환자도 그동안 한참을 생각했을지 모른다. 환자가 민원을 넣을지도 모른다는 나의 불안보다는, 담당 의사와의 관계가 틀어지면 치료가 잘 안 될지도 모른다는 그의 불안이 더 컸을 것이다. 이 일이 머릿속에 맴돈다고 해도 나에게 그는 수많은 환자 중 한 명일 뿐이다. 계속되는 일들, 바쁜 일상 속에서 외래 중 일어난 사건 하나의 앙금을 떨쳐버리는 것은 의외로 어려운 일은 아니다. 그러나 암과 함께 살아가야 하는 그의 입장에서는 의사와의 관계 균열이 가져온 상처가 더 컸을 것이다. 하루빨리 복원하고 싶었을 것이다. 그 마음이 경직된 얼굴의 근육을 기꺼이 풀어주었을 것이다.

지금이라도 말하고 싶다. 비록 표정은 떨떠름했지만, 마음은 그보다 더 많이 죄송했노라고. 그리고 당신이 터뜨린 분노는 나를 더 생각하게 하고 성장시켰노라고.

사실 일상 속에서 이 일의 무게를 느끼기란 쉽지 않다. 그래서 쉽게 경거망동하게 되고, 그러다가 깨지고 배운다. 처음부터 좋은 의사면 좋겠지만, 부족한 나라는 인간은 환자와 가족들에게 상처를 주고 후회하는 과정을 통해 배운다. 그러면서 이전보다 조금 더 나은 의사가 되어간다. 이제는 그나마 예전보다는 괜찮은 사람이 되었다고 생각하고 있었지만, 여전히 세상엔 배울 것이 많다.

나쁜 소식 전하기

몇 년 전 내과 임상실습을 하러 온 학생들에게 '나쁜 소식 전하기'를 가르쳤다. 모의 환자를 섭외해서 학생들이 일대일로 면담하며 암 진단을 알리는 것을 관찰하고 피드백을 주는 방식이다. 학생과 모의 환자가 있는 면담실 옆에는 관찰실이 있고, 그 사이에는 관찰실에서만 들여다볼 수 있는 이중창이 있어서 그곳에서 헤드폰을 끼고 면담을 지켜보는 구조다. 마치 취조실 같은 구조인데 은근히 재미있다.

'나쁜 소식 전하기'는 2009년부터 의사국가고시에 도입된 실기 시험에서 진료 수행 능력을 검증하는 50여 개의 항목 중 하나다. 이런 것이 시험 과목인 것은 좋기도 하고 나쁘기도 하다. 좋은 것은, 예전이라면 공부에 치여 관심 갖지 않았을(내가 그랬다. 나는 2001년에 면허를 땄기 때문에 필기 시험만 보고 의사가 된 세대다) 이런 면담들도 진지하게 대하고 열심히 연습한다는 것이다. 적어도 이런 시험을 보는 학생들은, 암 진단을 받게 되는 환자에게 처음부터 불쑥 진단을 내뱉기보다는 감정적으로 준비된 상태에서 명확히 전달하되, "힘드시죠"라는 말 한마디 정도는 건넬 줄 알아야 한다는 것을 알게 된다. 나쁜 것은, 이 모든 것을 시험으로만 대하게 된다는 것이다. "이렇게 말하면 점수가 깎이나요?" "이 증례는 빨리 파악하기 어려운데 정말 시험에 이렇게 나오나요?"라며 나에게 묻는 학생들이 있다. 마치 국가고시 입시 강사가 된 듯한 기분이 든다.

모의 환자는 연기를 꽤 잘한다(일반인들도 있지만, 전문 배우들이 부업으로 하는 경우도 많다). 설정된 시나리오에 몰입하기 때문에, 어떤 학생들은 면담이 끝나고도 저분이 정말 환자냐고 겁을 먹고 나에게 물어보는 경우도 있다. 암이라는 소식에 처음엔 그럴 리 없다고 부정하다가, 좀 더 빨리 진단되지 않았음에 분노하다가, 자책하며 슬퍼하고, 가족들을 생각하며 깊은 상심에 빠지는 모의 환자 앞에서 학생들은 점점 시선을 어디에 둘지 몰라 난처해하고, 목소리가 잦아들게 된다. 이 상황에서 질병의 생존율과 치료 계획까지 환자에게 명확하게 전달하는 것이 실습의 목표다.

그날 실습에 참여했던 그 여학생은 표정과 몸짓, 말투에서부터 다정함과 사려 깊음이 묻어나는 친구였다. 대개의 다른 학생들과 같이 도입부, 환자의 질병에 대한 인식 확인, 나쁜 소식을 예고한 뒤 명확히 전달하는 것까지는 잘했다. 대개 문제는 환자가 감정을 터뜨린 이후에 벌어진다. 슬픔과 분노가 몰아치는 동안 학생은 뭐라 말을 잇지 못했고, 겨우 더듬거리며 치료 계획을 설명하겠다고 말을 꺼내었지만 어린 자녀를 걱정하는 모의 환자의 이야기에 다시 고개를 숙였다. 그리고 모의 환자와의 면담이 끝나고 그는 울음을 터뜨렸다.

연기에 몰입해서 면담이 종료되기 직전까지 눈물을 흘리던 모의 환자는 눈물로 가득한 학생의 눈과 마주하게 되었다. 그들은 서로를 보는 순간 이윽고 터지는 웃음을 참을 수가 없었다. 모두가 이게 가짜라는 걸 알고 있는데, 왜 이렇게 슬플까. 민망하면서도 방금까지 몰입하고 있던 그 순간의 슬픔이 털어지지 않아, 웃다 울기를 반복하다가 서로를 위로하는 기이한 장면이 벌어지고 있었다.

그리고 이중창 너머에서 그 순간을 바라보던 나도 키득거리다가 문득 눈물을 흘리고 있었다. 그동안 지나갔던 수많은 죽음과 고통들, 더 이상 내가 해줄 것이 없다는 무력감, 눈물을 참지 못했던 순간들, 그러고는 스스로를 바보같다 자책했던 시간들이 주마등처럼 지나간 것이다. 환자가 마주친 상황이 안타까울 때도 있었지만, 내가 한심해서, 힘들어서, 비참해서 울어야 했던 시간도 많았다. 어떤 내과 레지던트 선배는 인턴 때 응급실에서 울던 나를 쳐다보며 "너는 여려서 앞으로 환자 보는 일은 어렵겠다"고 말하기도 했다. 저 학생이 앞으로 생과 사가 오가는 공간에서 견뎌내야 할 수많은 슬픔의 무게는 어떤 것일까 생각하니 눈물이 계속 차올랐다. 아, 저 학생이 곧 피드백을 받으러 관찰실로 들어올 텐데 어떡하지.

결국 그동안 울었던 것을 들키고 말았다. 우리는 붉어진 눈으로 체크리스트를 같이 보며 무엇을 잘했고 못했는지 얘기하며 차마 서로의 눈을 바라보지 못했다.

"환자가 이해했는지 확인하고 면담 정리하는 것 조금 빠뜨리셨네요."

"네 제가…… 환자의 생존율이 30퍼센트라고 하는데…… 어린 딸이 있다고 하니 갑자기 감정이 북받쳐서…….'"

"잘하셨어요. 저도 종종 그래요. 내 꼴 좀 봐……(웃음)."

"울어도 괜찮아요." 그 학생에게 말해주고 싶은 그 한마디를 끝내 하지는 못했다. 응급실 한구석에서 울던 여린 인턴도 결국 가장 위중한 질병을 보는 의사가 되었고 아직도 종종 운다고, 그리고 아직 울 줄 아는 인간인 것이 다행스럽다고 말하고 싶었다. 실은 시간이 갈수록 스스로를 지키느라 눈물이 메말라 갈지도 모르지만, 앞으로의 길고 긴 의사 생활 동안 오늘의 눈물을 기억해낼 수 있다면, 당신은 점점 더 좋은 의사가 될 거라고 말이다.

나도 귀여운 할머니가
되어야지

소아과 의사가 귀여운 어린이 환자를 진료하며 일의 보람을 얻는다면 내과 의사에겐 귀여운 할머니가 있다. 내과 의사는 대체로 잘 낫지 않는 만성질병 환자들을 진료하고, 간혹 인류애를 바닥나게 하는 온갖 사람들을 대하기도 하다 보니 번아웃에 빠지기 쉽다. 그러나 귀여운 할머니 환자와의 만남은 그날의 번뇌와 시름을 조금은 내려놓을 수 있게 하니 신기한 일이다.

그들은 간절한 눈으로 의사를 바라보거나, 덥석 손을 잡거나, 말씀하셔야 할 본인의 증상보다 의사의 안부를 먼저 묻기도 하며, 손수 짠 참기름이나 찐 옥수수, 삶은 밤, 손수 만든 한과나 튀각 따위를 안겨주기도 한다. 사실 김영란법을 따르자면 이런 '금품'들은 병원 법무팀에 보내어 환자에게 반환하도록 조치해야 하지만 나는 잘 그러지 않는다. 가끔 들어오는 돈봉투나 지갑, 스카프는 법무팀에 보내지만 할머니들이 하사하신 탄수화물만큼은 챙겨놓았다가 외래 진료 후 야금야금 먹으며 지친 뇌를 달랜다. 내가 얼른 먹지 않으면 할머니들의 마음이 담긴 음식들이 상해버릴 테니까.

왜 할머니들은 귀여울까? 일단 할아버지들은 대개 귀엽진 않다. 나는 점잖고 신사적인 할아버지들도 좋아하지만 그들을 귀엽다고 하기는 어렵다. 그렇다면 귀여움이란 무엇일까? 어린이들과 할머니에게는 있는데 할아버지에겐 없는 그것이 무엇일까?

물론 할머니라고 다 귀여운 것은 아니다. 그렇지 않은 할머니도 많다. 의사가 좋아하는, 치료 효과가 좋고 병이 많이 호전되어 나를 명의로 만들어주는 할머니가 귀여운 할머니일까? 하지만 병이 깊고 힘든 증상을 호소하는 할머니도 안 귀여운 건 아니다. 귀여운 할머니도 아프다고 눈물짓기도 하고 가끔은 짜증을 내기도 한다. 그러나 그 와중에도 그들은 귀엽다. 왜 그럴까? 그들의 마음이 전달되어 오기 때문이 아닐까?

일단 귀여운 할머니는 고마움을 표현하는 데 주저하지 않는다. 상대방에 대한 호의가 표정에 담겨 있어서 말을 건넬 때도 편하다. 그래서 그런지 할머니를 모시고 오는 가족들의 표정에도 간병의 그늘이 별로 없다.

"선생님, 나 많이 힘들어. 어떻게 하면 될까? 음…… 그렇게 하면 좀 나아질까?"

"고마워요. 선생님도 하루 종일 아픈 사람들 보느라 힘들 텐데, 기운 내고."

"어휴, 그동안 좀 힘들었지. 그래도 우리 며느리가 돌봐줘서 잘 지냈어요."

어린이의 귀여움이 상대방에 대한 편견 없는 해맑음에서 온다면 할머니들의 귀여움은 그들이 관계에서 디폴트값으로 놓는 사랑과 우정 때문이 아닐까. 그들은 어떻게 그럴 수 있을까? 한국 사회에서 살아오면서 어떻게 누군가를 경계하거나 불신하지 않고 대할 수 있을까? 그것은 앞으로 삶을 살아가면서 배워야 할 지혜임이 분명하다.

아무튼 귀여움은 큰 힘이다. 어린이들의 귀여움은 어른들의 함박웃음을 이끌어내고, 힘든 돌봄 노동을 어떻게든 견디게 한다. 반려동물의 귀여움 역시 마찬가지다. 할머니의 귀여움 역시 나이가 들어 돌봄을 받아야 하는 입장이 되면 큰 무기가 된다. 상대방에게 기꺼이 도와주고 싶은 마음이 샘솟게 하면서 나를 짐으로 여기지 않게 하는 인생 고수의 마법과도 같은 힘인 것이다.

그래서 나는 노년의 목표를 '귀여운 할머니 되기'로 정했다. 일단 할아버지가 되진 않을 것이므로 가능성이 있다. 평생 돌봄 노동을 하며 살아온 할머니들은 주는 데 익숙해서 역설적으로 받는 것도 잘 받는다. 나이가 들면 결국 도움을 받을 수밖에 없는 상황에서 이것은 중요한 미덕이다.

어쩌면 '귀엽다'라는 표현을 쓰는 것이 상대방을 인간적 주체로 여기지 않고 대상화하는 오류를 저지르는 일일지도 모른다. 하지만 이 단어가 아니면, 생각하기만 해도 입꼬리가 올라가는 그 느낌을 잘 표현하지 못하겠다. 그것을 흔히 '엄마 미소' 또는 '아빠 미소'라고 부르지만 나는 '내과 의사 미소'라고 부르겠다. 그런 미소를 자아내는 사람이 된다는 인생의 목표는 꽤 근사하지 않은가.

세상에 든 황달

다음 글은 거의 20년 전, 내가 전공의 시절 어느 환자의 부고를 접하고 블로그에 썼던 글이다. 우연히도 환자의 아드님이 보시고 비밀 댓글을 달았다. '아버지에 대한 글 중 가장 인상적이었다'는 말씀이었다. 몸 둘 바를 몰랐고 뭐라고 대답을 했는지도 기억이 잘 나지 않는다. 사실 그때는 환자의 실명을 썼는데, 지금 생각해보니 환자가 유명인이고 고인이지만 실명을 쓴 것이 윤리적으로 옳은 것인지 잘 모르겠다. 지금은 블로그도 지웠고 유족에게 허락을 받을 길도 없으니 익명으로 처리했다. 그래도 평생을 사회 약자를 위해 바쳐온 학자의 마지막을 더 많은 이들에게 들려주고 싶다.

2004년 2월, 아침 신문을 펼쳤을 때 눈에 들어온 글이다.

당신께 암이 재발하고 황달이 찾아왔을 때도 선생님은 황달 든 세상과 노동자를 더 걱정했다. "오늘 노동자의 살길이 노랗고, 죽은 노동자들의 자식들이 노랗고, 불쌍한 다른 노동자들이 노랗다"고 하셨다.

'선생님'은 2003년 2월 내가 항암 단기 병동 담당 전공의였을 때 인수인계하는 날 잠깐 담당했던 환자다.

2박 3일짜리 항암 치료를 하고 곧 퇴원 예정인 환자여서 나의 관심 범위에 들어오지도 않았던 분이고, 의례적인 회진을 돌고 안부 인사나 나누고 퇴원하셨던 것으로 기억하고 있다.

2주 간격인 그 항암 화학 요법을 다시 받으러 입원하셨을 때에는 다른 전공의의 담당 환자가 되었는데, 그 전공의가 갑자기 나에게 와서 이런 얘기를 했다.

"이 환자 S대 교수님인 거 알고 있었어?"

"응?"

"어……. 그렇대. 그런데 나 진짜 실수해버렸다."

"헉, 나는 교수님인 줄도 몰랐는데……."

"응, 나도 모르고 회진을 갔는데, 환자가 항암 화학 요법을 받으면서도 치료에 대해 하나도 모르시더라고. 그래서 'ABC를 모르시네요'하고 이것저것 설명을 해드렸는데 '그런데 요즘 바빠서 그런 내용을 들을 새가 없었네요'라고 하시는 거야. 암 환자가 바쁘긴 뭐가 바쁜가 싶어서 이상하게 생각했었는데, 알고 보니까 그 유명한 사회학과 교수님이시더라고. 괜히 잘난 척하고 설교한 것 같아 민망하네."

"아아……."

환자는 유명인이어서 나도 이전에 이름은 들어서 알고 있었다. 하지만 특별한 이름이 아니어서 그 S대 교수일 줄은 상상도 하지 못했다. 그런데 여기는 다른 병원도 아니고 S대 병원이 아닌가! 타과라도 같은 대학교의 교수가 입원을 하면 보통 각종 부탁 전화와 수간호사의 귀띔이 따라오는 것이 일반적인데 수상할 정도로 그런 게 없었다. '아니 왜?' 이런 VIP가 입원하면 의대 교수 몇 사람은 다녀가며 잘 봐주기를 주치의에게 신신당부를 하고 가는 것이 관례이건만, 나는 도리어 건성건성 진찰하고 "괜찮으시네요, 퇴원해도 되시겠어요"라고 한마디 내뱉고 휙 돌아서버렸던 것이다.

교수님의 부고를 접하고 인터넷에서 그의 사진을 찾아보았다. 2003년 6월 미군 장갑차에 의한 여중생 압사 사건의 진상 규명을 위한 범국민 대책위원회의 대표로서 인터뷰한 사진이 있었다. 어줍지 않은 전공의들이 처방한 항암제를 맞았을 당시보다 4개월이 더 지난 후였다. 입원했을 당시에도 병 상태는 그리 좋지 않았으니, 인터뷰를 할 당시는 암이 더 많이 진행되었을 터였다.

그 암 환자는 그렇게 '바쁘게 사느라' 항암제 주사를 맞으면 어떤 부작용이 생기고 어떻게 대처해야 하는지, 제 몸 돌보는 가장 기초적인 것들도 귀담아 들을 새가 없었던 것이다.

그분의 강의는 들어본 적이 없고, 저서도 읽어본 적이 없어, 살아생전 그분의 학식과 인품을 그리워하는 수많은 이들의 마음을 잘 이해하지는 못한다. 나는 세상 돌아가는 것엔 큰 관심도 없고 잘 모르는 평범한 의사일 뿐이니까. 다만 신문에서 읽은 고인에 대한 이야기에 고개가 숙여진다. 암이 간까지 전이되어 결국 황달이 생겼을 때의 힘겨운 모습들은 수없이 목격해왔지만, 그런 상황 속에서 '황달 든 세상과 노동자'를 더 걱정할 수 있다는 것이 상상이 되지 않았다.

당신은 환자였잖아요. 나를 포함한 의사들도 당신을 그렇게까지 걱정하지는 않았을 텐데. 저는 일개 의사일 뿐이라 세상을 걱정할 정도의 깜냥은 되지 않아요. 하지만 적어도 제가 만나는 환자들의 삶의 이야기들과 자취들, 그를 사랑하고 아꼈던 사람들의 마음들을 얼마나 헤아리고 있는가를 당신의 이야기를 통해 되돌아보게 됩니다.

부족한 3분을 채우는 사람들 ② 서승희 영양사

상급 종합병원은 큰 조직이다. 같은 병원에 근무해도 부서나 직종이 다르면 전혀 모르는 사람인 경우가 많다. 서승희 영양사 님은 암 환자 영양 상담을 주로 해오셨지만 인터뷰를 위해 연락을 드리기 전까지 뵌 적이 없었다. 서 선생님을 만나러 복도에서 표지판만 보고 지나치던 영양상담실에 처음으로 들어가 보았다. 작은 방에 들어가자마자 보인 것은 가지런히 놓인 밥과 나물, 두부와 달걀 모형이었다.

왜곡된 '암 환자 식단' 도그마에 환자들 노출 심해

김 환자들이 이걸 보면서 본인이 얼마나 먹는지 가늠할 수 있겠네요?

서 네, 얼마나 먹는지 말로 하는 것보다는 직접 보면서 말씀하시면 저희가 섭취량을 빨리 파악하고 조언을 드릴 수 있죠. 환자들도 영양 균형이라는 개념을 얘기하면서 더 잘 배우실 수 있고요.

김 환자들이 암에 좋은 음식이 뭔지, 뭘 먹어야 하고 또 뭘 먹지 말아야 하는지 여쭤보시지 않나요? 그럴 때 저는 보통 "골고루 드세요"라고 말씀드리는데, 그게 참 공허하게 들릴 것 같기도 해요.

서 저희는 질문을 먼저 받기보다는 차트(의무기록)를 먼저 보고 환자에게 영양적으로 어떤 게 필요한지를 파악해요. "최근 수술하셨네요", "통증이 심하셨나요?"와 같은 환자의 최근 경험 얘기를 꺼내면서 함께 영양 평가를 하죠. 얼마나 드셨는지, 체중이 얼마나 줄었는지 등등. 환자가 궁금한 것보다는 환자에게 무엇이 필요한가에 먼저 접근하는 편이에요. 그리고 영양군별로 어떻게 균형을 맞출 수 있을지 환자 식습관을 들여다보고 말씀드리죠. 보통 균형 잡힌 식사라고 하면 일반적으론 탄수화물인 밥(주식)보다 채소, 육류 등 반찬(부식)을 밥 양의 두세 배는 많이 섭취해야 하거든요. 단백질보다는 채소가 좀 더 많아야 하고요. "밥을 얼마만큼 드세요?" "반찬 양이 밥보다 많아요, 적어요?" 이렇게 여쭤보면 대략 균형 여부가 파악은 됩니다.

여기까진 원칙이고, 그걸 환자 상태, 즉 수술 여부나 예상되는 항암제 부작용에 따라 조금씩 조정해 드려야죠. 예를 들어 수술이나 항암 부작용으로 흡수 능력이 떨어진 경우는 탄수화물과 단백질은 소화가 잘 되는 걸로 바꾸고 채소는 부드럽게 조리된 애호박, 가지, 무 같은 무른 채소로 소량 섭취하시도록 하는 거죠.

사실 식습관을 교정해야 하는 경우가 많아요. 보통 암 환자라고 하면 갑자기 채소랑 과일을 다 갈아서 그걸 식사 대신 드세요. 고기부터 다 빼요. 밀가루는 하나도 못 먹게 하고……. 그런 다소 왜곡된 '암 환자 식단' 도그마에 환자들이 너무 노출이 많이 되어 계세요.

김 안타깝네요. 제가 느끼기에도 뭔가 쉽게 보기 어려운 재료로 고행에 가까운 식단을 고집하시면서 이게 암을 치유한다는 생각들을 하시더라고요.

서 일단 채소 과일을 갈아서 드시면 준비나 보관도 어렵고, 그게 식사 한 끼를 대체하기도 어려워요. 설사할 위험도 더 커집니다. 또 모든 채소를 다 갈아서 먹을 수 있는 게 아니잖아요. 채소는 훨씬 더 다양하게 맛있게 드실 수 있는데, 굳이 갈아서 드실 이유는 없죠. 섬유소 섭취도 충분하지 못하고요. 가능하면 채소도 녹즙보다는 그 자체를 그대로 섭취하시도록 권해드립니다.

과일은 채소를 대체한다고 생각하시고 자주 드시는데, 당이 높아서 너무 많이 섭취하면 식욕이 떨어져서 본 식사를 오히려 더 못하실 수도 있어요. 과일은 하루 한두 번 정도면 충분하고, 과다하게 드시지 않도록 강조해요. 혈당이 높으면 더 조심하셔야죠.

환자들이 무엇을 어떻게 드시는지 말씀하시면 부족한 것을 조금씩 더 얹어드리죠. 탄수화물이 좀 부족해 보이면 "여기에 고구마 하나 더 드세요", 채소가 부족해 보이면 "여기다 파프리카 하나 더 드세요"와 같은 구체적인 조언을 환자분들이 좋아하시더라고요. 환자나 가족분들이 정말 고민해서 식단을 짰는데 뭐가 부족한지 그분들 눈에는 잘 안 보이니까, 그걸 채워주는 게 좋으신가 봐요.

질병 상태에 따른 영양 교육, 대원칙은 '골고루'

김 상담해야 할 환자들이 많아서 주어진 시간이 많지는 않으실 텐데, 환자의 영양 요구도나 영양소별 결핍, 과잉이 어느 정도인지를 어떻게 파악하세요?

서 체중 변화가 일단 제일 중요하죠. 물론 자세하게 하려면 설문지를 작성해야 하지만요. 환자의 차트나 피검사 결과 등을 눈여겨보면 어떤 영양 문제가 있는지 대략은 보여요. 보통 BUN[1]이 낮으면 단백질 섭취가 떨어져 있는 경우가 많아요. 헤모글로빈도 떨어지는 원인이 여러 가지지만 정말 안 먹어서 회복이 잘 안 되는 경우도 저희에겐 보이거든요. 출혈도 없고 체중도 괜찮은데 헤모글로빈만 쭉쭉 떨어진다면 고기나 생선 섭취가 부족해서 그런 경우가 많죠.

김 그렇군요. 의사들은 보통 BUN 높은 것만 신경 쓰고 (높으면 콩팥 기능 손상이나 출혈을 의미) 사실 낮은 건 당장 위험하진 않

---

1) 혈액 요소 질소(blood urea nitrogen, BUN) : 혈액 검사 중 하나로, 체내에서 단백질이 분해된 대사산물을 측정한다.

으니 그냥 넘기는 경우가 많아요. 그래도 영양사 선생님들이 챙겨주셔서 참 다행이네요.

🅰 환자의 질병 상태에 따라서도 식사 교육은 조금씩 다르게 합니다. 췌장암 환자들은 혈당 수치가 괜찮아도 주의해야 해요. 갑자기 나빠져서 400-500mg/dl 정도의 고혈당으로 오시는 경우도 종종 있거든요.[2] 또 영양 결핍이 오기 쉬운 두경부암 환자들은 일단 충분히 많이 드시도록 설명을 드려요. 두경부암이나 식도암 환자들은 딱딱한 것을 씹거나 삼키는 것도 어려우니 부드러운 음식 위주로 추천드리고, 어떤 경우엔 치료로 인한 점막손상으로 경피적 위루술PEG[3]을 결국 해야 하는 경우도 있으니까 그것도 미리 말씀드리죠. 이런 것도 있으니 한번 담당 의사 선생님과 상의를 해보시라고. 식사로 영양 섭취가 부족할 것 같으면 영양 보충 음료(뉴케어, 그린비아 등)도 추천을 드려요. 반

---

2) 췌장암의 진행 또는 수술적 제거에 의해서 췌장의 인슐린 분비 기능이 약해지면 당뇨가 새로 생기거나 악화되는 경우가 흔하다. 혈당의 정상 범위는 식전 126mg/dl, 식후 2시간째 200mg/dl 미만이다.

3) 경피적위루술(Percutaneous Endoscopic Gastrostomy)은 인두와 식도의 점막 손상이나 협착 때문에 입으로 식사를 섭취할 수 없는 환자에게 내시경을 통해 위에 튜브를 삽입하는 것을 말한다. 튜브를 통해 유동식을 주입해 영양을 공급하기 위함이다.

면 대장암이나 유방암 환자들은 오히려 체중이 늘어나는 경우
가 많으니까 체중 조절 식이요법에 대해 말씀드리는 편이고요.

콩팥 기능이 손상되기 쉬운 시스플라틴 항암을 하시는 분들,
설사가 자주 나는 이리노테칸이나 5-FU 항암제 주사를 맞으시
는 분들에게는 수분 섭취도 각별히 강조하는 편이에요. 환자들
이 생각보다 물을 많이 안 드시는 경우가 많거든요. 하루 물 한
병도 안 드시는 경우도 흔하고, 커피를 물이라고 생각하고 드시
는 분들도 많고.[4]

김 환자마다 드시는 습관이나 선호도가 다 다른 건 어떻게
맞춰서 설명해주시나요?

서 다 고려를 해야죠. 세 끼를 다 사 먹는 사람인지, 혼자 밥
을 해 먹을 수 있는 사람인지에 따라 추천해드리는 음식들이 달
라지겠죠. 영양소에 대한 환자분의 배경지식이 어느 정도냐에

---

4) 한국영양학회의 〈국민 공통 식생활 지침 개정 연구〉(2020)에 의하면 1일 총 물 섭취량
이 성/연령별 권장량보다 높은 경우는 2018년 기준 39.6퍼센트로, 2015년 42.7퍼센트
에서 감소하는 추세다. 환자가 아니더라도 우리 국민의 물 섭취량은 전반적으로 적은
편이다. 그리고 많이 알려져 있지만 커피나 차 등은 이뇨 작용이 있으므로 물 섭취를 대
체하기는 어렵다.

따라서도 설명의 수준이나 범위도 많이 달라져요. 사실 영양, 식단에 대한 정보는 매스컴이나 유튜브 등에도 많지만, 환자분들이 각각의 질병으로 각자 다르게 아픈 상황에 딱 맞춰서 적합한 영양 정보를 들을 수는 없잖아요. 환자들이 영양 지식이나 이해력이 부족해서 제대로 못 드시는 게 아니거든요. 내 아픈 상황에 맞춰서 어떻게 먹어야 하는지 설명을 들을 곳이 없는 거예요.

김 그렇군요. 저는 영양 교육이 환자 맞춤형이라기보다는 '항암 영양 교육'이라는 모듈 하나로 이루어지는 것으로 생각했었거든요. 일반 영양 교육에 더해 항암 치료 시 생기는 문제에 대한 몇 가지 팁 정도. 그런데 환자의 개별 식습관이나 질병 상태, 치료 방법에 맞춘 교육이 되고 있다니 좀 놀랐어요. 그래서 환자분들이 한번 했던 영양 상담을 다시 받기를 원하는 경우가 많은 것 같아요.

서 네. 암 환자분들이 재상담을 오시면 "한번 좀 점검합시다, 괜찮게 잘 지내셨는지 볼게요"라고 말씀드리고 영양 상태가 잘 유지되셨으면 칭찬을 해드려요. 사실 영양 섭취를 어떻게 골고루 해야 하는지 개념 자체가 부족하신 경우도 의외로 많거든요. 살이 많이 빠졌는데도 그냥 치료 중이니 그렇겠거니 하고 별

로 인식을 못 하고 계시는 경우도 많아요. 그렇다 보니 스스로를
잘 챙기는 방법의 하나로 영양을 강조해서 설명드리고 있어요.

밥보다 반찬 많이, 물 많이. 완벽하지 않아도 된다

김 영양 문제도 사실 치료 초반보다는 중반에 생기는 경우
가 많아요. 그렇다 보니 진료실에서도 음식에 관한 질문을 정말
많이 받게 되고요.

서 환자들이 스스로 자신을 지킬 수 있는 방법이 사실 음식
밖에 없긴 해요. 그래서 관심이 많은 거겠죠.

김 그렇죠. 질병 앞에서의 두려움이나 무력감을 극복하기
위해서라도 더 식사에 신경을 쓰는 것일 수 있겠네요.

서 물론 일반적으로 알려진 어떤 음식이 항암 효과가 있다
거나, 또는 암을 자라게 한다거나 하는 이야기들은 많이 과장되
어 있어요. 가끔은 제가 "암은요, 뭐 어떻게 먹고 안 먹고에 따
라 눈 하나 깜빡 안 해요. 실제로 지금까지 겪어오시지 않았나

요?"라고 얘기하면 눈물을 흘리는 환자들도 있어요. '이게 암을 고쳐줄 거다' 생각하고 열심히 뭔가를 해오셨는데 별 상관이 없다니 너무 속상하고 슬프신 거죠. 하지만 균형 있는 영양섭취가 치료를 잘 받을 수 있도록 도움을 줄 수 있는 건 분명하잖아요. 내 몸이 힘든 치료를 이겨내도록 도와주는 거니까.

김 맞아요. 영양이 정말 중요한데 영양 섭취를 잘 하는 게 뭔지, 그걸로 어떤 효과를 기대할 수 있는지에 대해 환자와 의료진 사이 생각의 간극이 상당하다고 느낄 때가 있어요. 이것을 맞춰 가는 것도 참 중요한 일인 것 같아요.

서 그래서 저희가 열심히 유튜브도 찍고 자료도 만들고 있어요. 고기를 먹어도 되는지, 밀가루나 설탕을 먹어도 되는지 등등 이런 자주 물어보시는 질문들을 다루었어요. 유튜브 연결되는 QR 코드도 이렇게 만들어서 찍어가시도록 하고 있어요.[5]

---

5) 서울아산병원 유튜브 채널 중 임상 영양사들이 만드는 〈밥상과외〉라는 재생 목록에는 암 뿐만 아니라 여러 질병과 관련된 식습관에 대한 문답이 정리되어 있어 유용하다. https://youtube.com/playlist?list=PLtBENi4rhJuV94n2Hvbel2KIGtSG8kCld&si=Q6 qy2_1KfFCPxUbD

김 아, 저도 환자분들께 임상 영양사님들이 하시는 유튜브 채널 소개해드리고 있어요. 저한테 물어보지 마시고 이거 보시는 게 더 도움이 되실 거라고. 그런데 의외로 영양 관련 교육 내용을 잘못 받아들이는 경우도 종종 있더라고요. 치료 끝나고 몇 년이 지나서 식사는 자유롭게 드셔도 되는데도 "밀가루나 회 등은 다 피하고 있다", "채소도 다 익혀 먹고 있다"고 말씀하시면 좀 안타깝더라고요.

서 저에게 오신 어떤 분은 들어오시자마자 라면 먹어도 되냐고 묻는 분도 있었어요. 가끔 드셔도 된다고 하니 수술 후 5년간 라면을 못 먹었다며 감격하며 울고 가시더라고요. 사실 영양 균형을 맞추는 선에서 약간씩 인스턴트 식품이나 간식을 넣는 것 자체가 큰 문제가 되는 건 아닌데 말이에요.

김 앞에서도 얘기했지만 암 환자 식단은 고행 그 자체라는 인식이 일반인들 마음속에 상당히 뿌리 깊게 박혀 있어요. 행여나 재발하면 고기를 먹어서, 외식을 함부로 해서, 조심하지 않고 아무거나 먹어서, 이런 식으로 생각하는 경향이 많아요.

서 네. 보통 한의원이나 암 요양병원에서는 피해야 할 음식

리스트를 주는 경우가 많은 것 같더라고요. 하지만 영양 균형이라는 대원칙만 지킨다면 사실 음식 하나하나에 너무 연연하지는 않아도 되죠. 100점 만점으로 살 필요는 없잖아요. 80점 정도로, 자신이 좋아하는 거 골고루 드시고, 라면이나 치킨도 가끔 드셔도 된다고 하면 한결 편안해하면서 상담실을 떠나세요. 정말 피해야 할 음식이 있냐고 거듭 물어보시는 경우도 있는데 그럴 땐 "지저분한 건 드시지 마세요"라고 말씀드립니다. 식품위생이 생각보다 중요하고 신경 써야 할 게 많아요. 외식 한번 잘못하셨다가 식중독으로 고생하시면 항암 치료에도 차질이 생기는 거잖아요. 심하면 입원하기도 하고. 덜 익힌 고기나 생선회 같은 건 아무래도 조심하시는 게 안전해요.

너무 조심하는 것도 문제지만 반대로 너무 조심하지 않는 분들도 가끔 봐요. 잘 몰라서도 조심하지 못하는 거죠. 이런 분들은 정색하고 교육을 다시 해드려요. 전립선암 치료를 오래 받으시다보니 풀어져서 맘껏 술 드시는 분들도 있고요. 위암으로 위전절제술하고 처음엔 조심하다가 나중에 후기 덤핑 증후군[6]

---

6) 위 절제 수술을 하면 섭취한 음식이 충분히 소화되기 전 위에서 소장으로 급격히 이동하게 되어 생기는 증상이다. 식후 30분에서 1시간 사이에 나타나는 조기 덤핑(복통, 오심, 구토)과 90분에서 3시간 사이에 나타나는 후기 덤핑(식은땀, 떨림, 어지러움)으로 나뉜다.

으로 고생하면서 원인도 모르고 몇 년간 여러 병원을 전전하시던 분도 있었어요. 밥 먹고 두세 시간 후 기운 빠지고 식은땀 나고…… 탄수화물을 줄이시도록 하니 많이 좋아지셨죠.

김 영양소나 식품군이 종류도 많아서 아무래도 반복해서 교육받지 않으면 환자들에겐 어려울 수도 있을 것 같아요. 혹시 환자들이 기억하기 좋은 식사 원칙 같은 게 있을까요?

서 균형이요. 밥보다 반찬 많이 먹고 물 많이 마시고, 깨끗한 것 먹기. 완벽하지 않아도, 80점이어도 된다는 것 인지하기. 이 정도면 되지 않을까요?

김 환자들뿐만 아니라 저에게도 해당되는 얘기네요. 일단 탄수화물 줄이고 채소 늘리기부터 해야겠어요. 환자들도 음식에 대한 강박에서 벗어나 먹는 것을 즐기면서 살 수 있었으면 좋겠어요. 다 먹고 살자고 하는 일이니까요.

서 선생님을 만나기 전까지 나는 영양 교육에 대해 편견을 가지고 있었음을 고백해야겠다. 사실 의대에서도 영양에 대해 아주 깊이 있게 배우지는 않으니, 의사들은 따로 공부하지 않는 이상 영양에 대한 지식이 그리 많지 않다. 사실 영양이라고 하면 학창시절 가정 시간에 배워서 달달 외운 5대 영양소와 식품군이 먼저 떠오르고, 그것에 기반한 지식을 전달하는 역할 정도가 아닐까 싶었다. 짧은 시간에 환자의 식습관에 맞춘 조언을 준다는 것은 무리라고 생각했다. 그런 건 프리미엄 건강검진에서나 가능하지 공장 같은 우리의 진료 시스템에서는 영양 상담도 규격화된 저가 상품으로 팔 수밖에 없지 않나 싶었다.

그러나 나의 예상과는 달리 영양상담실은 틀에 박힌 영양 교육만 하는 곳이 아니라, 내 몸에 맞는 돌봄을 받고 울고 웃는 공간이라는 생각이 들었다. 음식이 우리 삶에서 차지하는 비중은 사실 상당히 크지 않은가. 식사 시간뿐만 아니라 장보기, 요리하기, 뭘 어디서 먹을까 고민하기, 나아가 함께 식사할 사람들과의 관계에 대한 생각과 고민까지. 식사를 바꾼다는 것은 삶을 바꾸는 것에 가깝다. 그러한 삶의 대지진을 겪고 있는 암 환자들이니 음식이 그토록 중요했으리라. 비록 짧은 시간이지만 영양상담실에서 환자들이 자신을 돌보는 법에 대해 배우고, 격려받고 돌아갈 수 있다는 것이 참으로 다행스럽게 여겨졌다.

맺음말

　'머리말'에서 믹스 커피와 원두커피에 대한 비유로 이야기했
는데, 아무래도 믹스 커피를 너무 비하한 게 아닌가 싶어 마음
에 걸린다. 어린 시절 엄마가 과수원에 일하러 가실 때면 대접에
인스턴트커피와 설탕, 프림을 한가득 털어넣고 따뜻한 물을 부
어 섞은 후, 식히고 얼음을 동동 띄워 보온병에 가득 담아 가시
던 기억이 난다. 농경 사회에서 산업 사회, 이어서 정보화 사회
로 빠르게 옮겨온 이 정신없는 나라에서 과로를 잊게 해준 믹스
커피처럼 박리다매식, 공장식 의료도 얼마나 많은 사람들의 목
숨을 구하고 새로운 삶을 선사했을 것인가. 코로나19 팬데믹에

서의 선제 검사–선제 격리–치료로 이어지는 빠른 대처가 그 끝판왕이었다고 할 수 있다. 그러나 문제는 이제 많은 이들의 눈높이가 원두커피에 맞춰져버렸듯이, 환자들도 이제는 기존의 규격화된 3분 진료에 만족하기 어렵다는 데 있다. 기존의 믹스 커피 공정으로는 도저히 충족시킬 수 없는 문제들이 있는 것이다. 환자는 누구나 개별적인 존재이고, 그를 둘러싼 환경도 모두 천차만별이니 말이다. 의료의 질도 단지 사망률을 낮추는 것뿐만 아니라 이제는 환자 중심 의료patient-centered care가 얼마나 잘 구현되었는지에 따라 달라진다고 보고 있다. 즉 환자에게 치료 정보를 충분히 공유하고, 치료 결정에 환자가 참여하며, 환자와 가족의 선호도와 가치관, 사회경제적 조건이 존중되어야 양질의 의료라고 볼 수 있다는 개념이다.

그러나 지금의 의료 환경에서 환자 중심 의료를 실천하라는 요구는, 아무래도 믹스 커피 공장에서 아메리카노, 카페라떼, 카푸치노 등 다양한 에스프레소 음료를 만들어내라는 것과 같다. 2017년부터 건강보험심사평가원에서 하고 있는 '환자경험평가'의 문항들(설명을 잘 들었는지, 위로와 공감을 받았는지 등), 이 지극히 당연히 해야 할 것들을 측정하고 있음에도 현장의 의료진들이 '친절해야 한다는 피로감'을 느끼는 것은 어쩌면 당연한 일일지도 모른다. 일단은 진료해야 할 환자의 수를 현실적이고 감당이 가능한 수준으로 낮추는 것을 환자 중심 의료 실현의 기본적인 조건으로 인식하는 것이 필요하다.

책이 될 줄 몰랐던 글뭉치들을 책으로 엮어내는 마법은 전적으로 두리반 출판사 이성현 대표님 덕분에 가능했다. 인터뷰에 응해주신 백영애 간호사님, 서승희 영양사님, 추천사를 흔쾌히 써주신 정희원 교수님에게도 감사의 말씀을 올린다. 디지털 플랫폼을 통해 환자 중심 의료를 열어가고자 애쓰고 계신 존경하는 동료이자 스승이신 김태원 서울아산병원 암병원장님께는 사죄의 말씀을 드려야 할 것 같다. 대장암 환자들을 위한 길잡이 책을 써보자고 제안하셨는데 어쩌다 보니 먼저 몰래 책을 내게 되어버렸다. 삐딱한 이야기들도 담다 보니 암병원장님과는 차마 (……) 함께 쓸 수는 없었다. 글에 뭔가 오류나 부당한 내용이 있다면 그것은 당연하게도 전적으로 나의 탓임을 밝힌다.

2023년 7월 극한 호우가 내리던 어느 날,

김선영

대형 병원 진료실은 어쩌다 불평불만의 공간이 되었을까?

3분 진료 공장의 세계

초판 1쇄 인쇄 2023년 9월 4일
초판 1쇄 발행 2023년 9월 11일

지은이 김선영

발행인 이성현
책임 편집 전상수
디자인 노지혜

펴낸곳 도서출판 두리반

주소 서울특별시 종로구 사직로 8길 34(내수동 72번지) 1104호
편집부 전화 (02)737-4742 | 팩스 (02)462-4742
이메일 duriban94@gmail.com
등록 2012. 07. 04 / 제 300-2012-133호
ISBN 979-11-88719-23-5 03810

※ 본 도서는 카카오임팩트의 출간 지원금을 받아 만들어졌습니다.
※ 값은 뒤표지에 있습니다.

본 도서는 카카오임팩트의 출간 지원금을 받아 만들어졌습니다.